教祖様ハ えせアーティスト

Saeki Ryusuke

冴木龍介

文芸社

もくじ

第一章　すべてのオンナを尊敬している

俺は、すべてのオンナを尊敬している。これは本当のことだ。でも、こんなエラソーな言い方ではすべてのオンナが信じないだろう。言い直す。

俺は、すべての女の人を尊敬している。……。

俺は、すべての女性を尊敬している。

僕は、すべての女性を尊敬している。いやいや、俺のじゃなかった僕の女性への敬意はこんなものでは伝わらない。言い直します。

僕は、すべての女性を尊敬しています。

僕は、すべての女性を尊敬しております。いやいやいやいやいや、こんなものでは全く足りていない。僕の女性への敬意は、地球上の過去現在未来における男の中で当然一番であるのだがそれも単なる一番ではなく断突一番なのだ。断突一位。二位以下眼中ナシ。アウトオブ眼中。略してアウ眼。だって二位と最下位との差よりも俺と二位との差の方が開いてんだぜ。この凄さ分かる？　仮に地球上の過去現在未来における男の中で女性を一番尊敬していない男を一九九六年度末の国債累積額と同数の二四〇兆位としてマラソンにたとえると、俺がゴールした時に二位グループは三五キロ時点を走ってて二四〇兆番目の男は三四キロ地点を通過してるみたいな。だから俺に言わせれば俺以外の男は女性に対して敬意を払っていないと言い切る自信が俺にはある。だって俺じゃなかった僕は本当に心からすべての女性を尊敬しているのだから。

僕は、すべての女性を尊敬しております。

私《ワタクシ》は、すべての女性を尊敬しているのでございます。自称ではなく不肖地球上の過去現在未来における男の中で一番女性を尊敬している男こと村上龍介はすべてのつまり地球上の過去現在未来におけるすべての女性を尊敬しているのでございます。どうですか。凄いと思いませんか。俺のこと思わず尊敬したくならない？　でも俺じゃなかった僕の女性への敬意はこんなものでは伝わってないと思う。僕の女性への敬意はもうホントにホントに本当に強烈でなんて言ったら分かってもらえるのか僕には分からない。僕にある女性への敬意という観念はおそらく僕にしかないものなのでその観念のない人に説明しても理解できるわけがないんだけどとにかく僕はすべての女性を尊敬しているとしか言い様がない。でもちょっとニュアンスが違うんだよな。尊敬は尊敬なんだけどそんな生やさしいもんじゃないいんだよな。もっともっと強烈な感情なんだけど決してイスラム原理主義みたいに過激で情熱的な感情ではなく、心はとても穏やかなんだけれども全身から迸《ほとばし》る感じで自分は女性を尊敬しているんだと感じさせられるという感覚なんだと説明したところで理解できるわけがない。生涯、禁欲貞潔清貧服従の生活を通した修道士とか宇宙から美しい地球を見て感激の涙を流した宇宙飛行士なら理解できるかもしれない。

元来、本物の尊敬感動崇拝信仰という感情は能動ではなく受動的に出て来るものだろう。神とか宇宙に比べたら人間なんて本当に微微たるものでしかないのと同じ様に、女性に対する男なんてものは……。言い直させて下さい。

私は、すべての女性を尊敬させてもらっています。

私は、すべての女性を尊敬させて頂いています。

私なんかがすべての女性を尊敬させて頂いております。

私なんかがすべての女性を尊敬させて頂きありがとうございます。

私なんかがすべての女性を尊敬してしまった事をお許し頂き恐悦至極に存じます。卑しい性別である私のような者がすべての女性に尊敬の念を抱いてしまった事を、そして今現在すべての女性を尊敬している自分の存在をお許し頂いていることを心の底から神と母とすべての女性に感謝しているのでございます。

と、まあそういうことで、何がなんだか分からないけどとにかく俺じゃなかった僕はすべての女性を尊敬しているのだ。

僕は自分で言うのもなんだけどかなりもてる。高身長で頭脳明晰でスポーツ万能で出自も良くもちろん学歴も超一流だから当たり前なんだけど。僕は身長一八一センチで股下九〇センチで膝《ひざ》下四七センチというモデル並みのルックスだし高校三年の時には全国模試で英語の偏差値が七三・六で全国一位だったし高校二年の時はテニスでインターハイベスト4に入ったし父は社会的地位の高い小説家で母は世界的に有名なピアニストだし経済的にはもちろんのこと学力が高くて選ばれた人しか入学できない全国有数の進学高校から早稲田の政経と慶應の経済を滑り止めにして現役一発で東大文Ⅰに合格したというあらゆることにおいて完璧な男だ。これは当たり前のことだけど生物が生存し続ける原理としてメスはできるだけ優秀なオスを捕えたいものだ。僕は優秀なオスです。だからもてる。そう思って生きてきた。山田絵美に会うまでは。

山田絵美は僕の二七人目のカノジョにして初めての恋人だ。彼女は、「特集セックスをしてキレイになろう」とか「特集イイ男の見つけ方」とか「特集年下カレシのメリット」とか「特集オトコに好かれるオンナの条件」などと表紙に書いてある女性ファッション誌を何誌も買うようなダメな女の典型だった。「形を見るものは質を見ず」と夏目漱石が言う通り容姿を異常に気にする女は大抵バカだ。だから絵美ともやること《セックス》やったら後はテキトーに付き合って二カ月くらいで別れるつもりだった。でも彼女はバカではなかった。バカなのは自分の方だった。絵美と付き合う前までの僕は女性に対して傲慢だった。自分の気付かないうちに女性蔑視の思想が頭の中を占領していた。全くもって僕は愚かだった。そのことに気付かせてくれた恋人の山田絵美に感謝したい。

絵美と付き合い始めて二週間くらい経った或る日の夜、僕は初めて絵美の部屋に入った。昼間は絵美が洋服を見たいと言うので代官山と下北沢に付き合って、別に何かの記念日とか深い意味は無いけど一時間も居る羽目になった四軒目のショップで絵美が何回も手に取って見ていた六九〇〇円のハイビスカスの派手なスカートを買ってあげた。絵美自身は十軒目か十一軒目くらいの店で厚底ではない上品なワインブラウンの編み上げブーツを買った。買った荷物は僕が持った。荷物を持つくらいしか僕にはやることがなかったので。自分には目的がなく相手に合わせて動き回るのは想像以上に疲れるものだと改めて思い知らされたのだった。

僕はお腹がペコペコだった。昼食は歩きながら食べたアメリカンドッグと栗の入った大判焼きだけだったので、夕方になる頃には食事がしたくて限界だった。それは絵美も一緒だったようで会話は自然と夕食のことになった。何を食べたいか話している時に、さりげなく、お前って料理できんの？　と訊いてみた。できるよ、という返事だったのでわざと大袈裟に疑ってみせたら思った通りムキになってきたので話のセオリー通り得意料理を訊いた。豚の生姜焼き、と絵美は答えた。僕は練りつくされた漫才のタイミングで返した。

「マジで？　豚の生姜焼き俺の大好物じゃん」

これは当たり前のことだけど、肉じゃがなら肉じゃがが大好物になるしハンバーグならハンバーグが大好物になるし目玉焼きなら目玉焼きが大好物になる。理由なんか後から付ければいいのだ。

――なんで目玉焼きが大好物なの？

――小学校の家庭科で初めて作った料理が目玉焼きでさ、何しろ卵割るのも初めてだろ、嬉しくて毎朝作ってたんだよ。ハムエッグにしたりベーコンエッグにしたりスクランブルエッグにしたりね。そのうち家族が飽きてきて禁止令が出たんだけどね。

これでいいのだ。経験上、女という生き物は自分の得意料理を誰かに食べて欲しいし褒めてもらいたいものなので仮に嫌いな料理だとしても正直に嫌いと言うのは得策ではないのだ。特に短期間で別れるつもりのカノジョならばなおさらである。そしてこれも当たり前のことだけど、男の多弁はまことしやかな嘘が多い。だから仮に嘘がバレたとしても、嘘を吐《つ》いたのはお前に喜んで欲しかったからで決して悪意があって吐いた嘘ではないのだから勘弁してよ、でも嘘吐いたのは事実だからそのことは御免なさいと真面目に弁解すれば、ほとんどの女が許してくれるし、容姿を異常に気にする女だったらまず間違いなく許してくれるだろう。こういう女達は優しいのではなくただ単にバカなのだ。騙される人間を優しいとは言わない。バカな女としか付き合ったことのなかった僕は無意識のうちに女はバカなのだと思い込んでいたのかもしれない。僕は山田絵美もただ単にバカな女だと思っていた。そして思った通り絵美は僕の術中に呆気《あっけ》なく嵌《は》まった。

「マジで？　豚の生姜焼き俺の大好物じゃん」

「うそぉ、ホントに？」

「マジでマジ、じゃあさ、なんか恩着せがましいけどスカート買ってあげた代わりに豚の生姜焼き御馳走してよ。まあ一般論で言えば男はカノジョの手料理食べたい訳だし、俺は男だし、お前は俺のカノジョだし、豚の生姜焼き食いてえなあなんて思ったりしちゃうみたいな」

僕の財布にはコンドームが入っていた。入れてきたのだ。

夜、僕は絵美のアパートで絵美の作った豚の生姜焼きを食べながらテレビを見た。絵美の作った手料理は予想以上に美味しかった気がする。美味しかった気はするけど覚えていない。僕の頭には血が上っていたのだ。いつものように今晩のメインディッシュはお前の手料理なんかじゃなくお前自身なんだぜと考えもせずかなりテレビにのめり込んでしまっていた。豚の生姜焼きは本当に好きだったので楽しみにしていたのにテレビに気をとられてはっきりと味わえなかった。テレビを見ながら宿題をするのと宿題をしながらテレビを見るのとが異なるように味覚が視覚に敗けたのだった。

テレビ番組はトークバラエティーで、テレビではフェミニストで有名な大学教授のおばさんが吼《ほ》えていた。

「わたしはねえ、社会全体がセクハラだって言ってんのよ。はいはいそこ聞いてんの」

おばさんは男性出演者を指差してしゃべり続けた。おばさんは収録時間をオーバーしてしゃべり続けたらしく、その映像が早送りで映し出され早送りの画面には「三〇分後……」というテロップが流された。これによっていかにテレビがいいかげんなものかが分かる。収録した数時間の映像を一時間番組に、オープニング、コマーシャル、エンディングを除けば一時間もない時間枠で番組を作るのだから、視聴者にうけない内容はどんなに学術的に素晴らしい内容でもカットされるのだし、逆にどんなに知的レベルが低くて品のない内容でも視聴者にうけるのならカットされないで放映される。だからと言って僕はテレビ番組に批判的でも懐疑的でもない。しょせんトークバラエティーはトークバラエティーだし幼児にも劣りそうな精神年齢の低い人間がエンターテインメントの第一線で活躍できてしまう日本のテレビ業界に品格を問うこと自体無駄というものである。だからテレビを見て不愉快な気持ちにさせられるのなら初めからテレビを見なければいいのだと分かっていながらついつい見てしまうのがテレビというものだ。

僕は次第にムカついてきていた。テレビを消せばいいのに。テレビはおばさんの独壇場になっていた。おばさんはしゃべり続けた。

「どうして男の性欲処理に女が従事しないといけないのよ。さっきからおんなじこと言ってるけど、わたしはねえ、どうして男の性欲処理に女が従事しないといけないのかって訊いてんの。さっきそこの社会評論家とかいうブ男が世の中の構造上売春は容認せざるを得ないとかなんとか言ってたかしら。それから女は年を取ると社会的価値が落ちるとも。これらの意味する所をぜひ聞いてみたいなあって思ってさっきからずーっとおんなじことしゃべってるんだけど。アンタ達女をなんだと思ってんの。男に都合のいい売春擬《もどき》の商売で月に百万以上稼ぐ女がいる一方で月給十三万で老人介護してる女もいるんだよ。売春したい若い女が稼ぐのは容認できて女が年取って性欲処理に使えなくなったら女の価値は下がるのかよ。ふざけてんじゃないよ。そんなにピ――《放送禁止用語》て欲しいならニューハーフにやってもらえよ。性欲処理は男同士で解決しろ。男の事情に女を巻きこむな。女も男に媚びるのはやめろ。男に都合のいいフーゾク産業に従事するな。そういう肉体労働をする女がいるせいでその他大勢の女が迷惑しとるんだ」

　おばさんは、わたしが全国の女性達の代弁者ですという確信に満ちた態度でしゃべり続けた。そしてまた映像が早送りされ「一時間後……」というテロップが流されおばさんはしゃべり続けた。

「世の中に必要な女は男に必要な性欲処理機と主婦という名の家政婦と介護ロボットで残

りの女は存在価値がないとでも言うのか。不愉快なこと言ってんじゃないわよ。ふざけるのは顔だけにしてよ。帰る。やってらんないわよこんな仕事。帰ろ帰ろ」

おばさんは言いたい放題わめき散らした挙句収録途中で帰ってしまった。

絵美の作った晩御飯を食べながら、うるさいババアだな、お前の顔の方がよっぽど不愉快なんだ、分かっとんのかババアと俺は思った。で、ついつい目の前にいた絵美に男の偉大さとやらを語ってしまった。女の偉大さも分からずに。

「なんかさあ、このおばちゃん好き勝手しゃべりまくって帰っちゃったけどそんなに男って酷《ひど》いことしねえと思うんだけど。なんか酷い言われ様だよな。男が根本的に悪いみたいな言い方しやがって。でもさあ、よく考えると人類の進歩を達成してきたのはほとんど男だろ。新しい科学を生み出してきたのも男だしリーダーシップとって世の中を動かしてきたのもほとんど男なんだぜ。あらゆる分野を男が開拓してきたわけだし、男のおかげで今の世の中があるんだぜ。今となっては当たり前の車とか電車とか飛行機だって男であるダイムラーとかフォードとかトレヴィシックとかディーゼルとかウィルバーとオーヴィルのライト兄弟とかその他大勢の技術者達が汗だくになって頑張ったおかげなんだぜ。だからこのおばちゃんみたいに男性原理の社会構造を批判するんならそういう奴は車にも電車にも飛行機にも乗るなって言いたいね、俺は。電気、ガス、水道、あらゆる交通機関、テレビ、ラジオ、電話、コンピュータ、医療サービス、世の中のありとあらゆるものが過去の男社会とやらの産物なんだぜ。それをこのおばちゃんみたいに男社会を批判するのならそういう奴は原始時代みたいな生活をしてから現代の男社会とやらを批判しろってんだ。もちろん俺はバカじゃないからフェミニストの言うことは理解できるよ。男が社会に出て働いている陰には男を支えている女、フェミニスト的に言えば妻や愛人や娼婦という名の性欲処理機や家政婦が男の精神安定剤にさせられて女には男と同等の権利が与えられていないってことはね。でもよ、それはそれとして人類の発生以来男が担ってきた偉業を女ができたのかって言ったら極めて黒に近いんじゃねえか。今じゃ宇宙旅行なんてのも夢じゃねえよな。この科学技術はコペルニクスやジョルダーノ＝ブルーノやガリレオ＝ガリレイやケプラーやニュートンやカントやラプラースやアインシュタインやラザフォードやハイゼンベルクといった男達が少しずつ少しずつ何世紀もかけて進歩させ創り出したものだろ。女なんか一人もいねえじゃねえか。もし人類の歴史が女主導だったらどうだ。下手したら今だに大航海時代も迎えてないんじゃねえのか。風力頼みの帆船しかない時代にヴァスコ＝ダ＝ガマやコロンブスみたいな冒険心溢れる女がいたのか。いたとしてもだ、女に航海できたと思うか。俺は思わんね。男だって病気や事故で死んだんだぞ。どう考えても女なんかにできるわけねえじゃねえか。これがどういう意味か分かるか。俺が言ってること分かってんのかお前。もしもだ、もしも人類の歴史が女権勢で男が家の中で家事や育児なんかやらされとったとしたらだ、五〇〇年以上も科学が進歩していなかったってことなんだぞ。科学だけじゃねえ、何もかもがだ。それを考えると男の偉大さが分かるだろうが、男は女より偉いってことがよ」

俺は三種類の満足感に浸っていた。自分はなんて頭が良いんだろうというナルシスティックな陶酔感と誰にも破られていない流麗な論理的弁論術で自分の女を説き伏せているというサディスティックな征服感と女より男の方が社会的価値が高いという歴史的事実をつきつけられて反論できないでいる女を前にして男で良かったというホーティ《注・傲慢》な安堵感だ。

俺はほろ酔い気分でしゃべり続けた。アルコールも入っていたがほろ酔いなのはアルコールとはあまり関係がない。関係があるのは自意識だけだ。

「何が社会全体がセクハラだ、だ。大体そういうやっかみを言うのは決まってブスかオバンじゃねえか。自分が男からチヤホヤされたことねえからって美人コンテストやめろだの世の中は男の視点から作られていてとかなんだかんだと細かいことをグチグチとなあ。自

注・arrogant　自信過剰で威張ること／haughty　地位権力を自慢して人を見下すこと

分が美人でスタイルもファッションセンスも申し分なしで街を歩けば誰もが振り返って見とれるような」

ここまで黙って聞いていた絵美が、何も言わずに立ち上がって何回も読んだのか表紙の隅が擦り切れ紙が少し黄ばんでいる古びた一冊の本を持って来て予め《あらかじ》書かれている内容が分かっていたらしい目的のページを戸惑いなく開いて、特に誰かに聞かせたいといった風でもなく中学の国語の時間に先生から指名されたので仕方なく読んでいますという感じのメリハリのない読み方で読み始めた。

「小泉八雲、即ちラフカディオ＝ハーンは日本人の心を理解しようと努め明治の日本について書いた作家として知られている。しかしそれ以前に彼は西洋人であり西洋の文学者である。小泉八雲は作家として著述に没頭する傍ら東京大学で英文学の講義を担当していた。幸いな事に学生達がそのノートを保存しており八雲の死後それが講義録として出版されその翻訳も出ている。毎週毎週の授業の中で小泉八雲は文化的背景の全く異なる東洋の日本人学生を相手に英文学の真髄をいかにして理解させるかということに大変な努力をしている。したがって彼の講義はそのどれもが東西文学の比較文化論だといってもいい。そうした東西文化のもっとも深い所での違いの一つとして女性に対する認識の違いをあげている。その講義の部分を抜粋してここに掲げてみよう」

絵美はテレビを消して読み続けた。

「諸君は、最高道徳の地位が男性の女性に対する献身というべきものによって占められている国を想像しなければならない。男性の最高の義務は父親に対してではなく、妻に対してである。すべての男性は、ただ女性は女性であるという理由によってすべての婦人を敬わなければならない。身の危険に際して婦人はイの一番に救出されねばならない。楽しみごとの場合には、女性は最上の席を与えられなければならない。ヨーロッパ諸国における婦人は、支配権を除くすべての事柄に対して最上の地位が与えられており、しかもその地位は宗教的に与えられている。ヨーロッパ諸国においては女性は一個の神であると私は言いたい。女性に対する男性の大いなる敬意は強要されたものである。男性は女性にうやうやしく頭を下げ、彼女達の歓心を買うためにあらゆる犠牲を払い、彼女達の好意と助力を請い求めるのである。世の中で成功を収めようという男子は、女性の歓心を買うことができなければならないということほどごくありふれた格言はない。いかなる社会の一員になることがあろうともすべての若者はこの点を心得ている。これは、青年がまず初めに知らなくてはならない教訓の一つである。そう、それは確かに礼拝といってもよいものなのだ。

ヨーロッパ諸国における女性に対する男性の態度は、それを一種の礼拝として規定してみると非常に当を得ているように思われるのである。この感情はギリシャ、ローマ文化特有のものではなく、古代北方民族の生活に付随していたものである。最古のスカンジナビア文学を読むと、今日のイギリス人が行う作法と非常に似通ったやり方で、婦人が北方の人々によって遇されているのを知るであろう。女は母であり人間の創造者であるから、女は超自然的な力を備えていると信じられていた」

今まで僕は、男のおかげで今の世の中があるという事実は歴史的に見ても誤りではなく男は男であるというだけで少しくらいは女から感謝されてもおかしくないと思っていた。そしてそのことを女と付き合う度《たび》に言い続けていて今まで付き合ったカノジョたちにも言ったけど一度も反論されたことはなかった。

高校時代に付き合っていた東大合格率の高い私立の女子高に通っていた女の子に話した時も、

「うーん、龍介くんの言うことなんとなく分かる気がする。例えば社会通念上子供より大人が偉いとされているのは大人は働いてたくさん税金納めて国を支えているけど子供は消費税くらいしか払ってないもんね。だから子供には選挙権がないんだよね。子供に選挙権がない理由は他にもあるんだろうけどそのことも一つの理由だよね。納税の義務を果たしていない人に日本国民としての権利が与えられるべきかどうか。社会的貢献度の高い人の方が社会的貢献度の低い人より偉いのなら子供より大人の方が社会的貢献度が高いから子供より大人の方が偉いし女より男の方が社会的貢献度が高いから女より男の方が偉いということになるのかな……。単純に考えれば確かに龍介くんの言う通り人類の進歩の大部分は男が担ってきたと思うし科学的進歩ということを考えれば女より男の方が偉いと言わればそれはそれでなんとなく分かるよ。でも納税していない人より納税している人の方が偉いのかな。より高額の税金納めている人の方が偉いのかな。選挙権のない人より選挙権のある人の方が偉いのかな。二十歳《ハタチ》の学生には選挙権があって十九歳の学生には選挙権がないとか、十九歳の社会人で納税の義務を果たしているのに選挙権がないとか、無職やフリーターなのに二十歳以上だからという理由だけで選挙権があるとか、日本に納税してるのに在日外国人だから選挙権がないとか色々と難しいよね」

　なんて言ってたけど、俺はびっくりするばかりだった。こんな難解な話に発展するとは思ってもみなかったので。ちなみにこれは余談だけど、今までの経験上セックスで一番梃子摺ったのが彼女だった。彼女は僕にとって三人目の相手だったけど初めての処女だった。

だから今までの経験が全く生かされなかった。今考えてみると僕が未熟だったと思う。彼女からすれば僕が初めての男なのだから。彼女はなかなか服を脱ごうとしなかった。脱がそうとしても泣き出しそうな顔をして僕を困らせた。ようやく服を脱ごうとした時に「処女が処女じゃなくなるってどういうことだと思う？」なんて唯心論の哲学者みたいな深刻な顔で訊いてきて僕は「ありがちな答えだけど一つ大人に近づくってことじゃないかな、僕はそう思うけど」と無難に答えてようやくことに及んだのだった。ベッドの中でも彼女は「私の友達はまだこういうことしてないと思う」とか「男の人ってやっぱり処女の方が嬉しいのかな？」とかやたら処女性にこだわっていて、ロストヴァージンに未練があるのか「龍介くんが私の初めての人なんだよ、私が初めて許した人が龍介くんなんだよ」と小《こ》うるさかったので僕はセックスに集中できなくて不完全燃焼に終わったのだった。だからこれ見よがしに彼女の前でマスターベーションをしてやった。本当は彼女の顔を的にして射精したかったけどやめておいた。彼女は白けた顔をして見ないふりをしていた。それから一週間もしないうちに彼女とは別れた。今考えてみれば全くもって僕は未熟だったと思う。

それから、メスとしては正常な、言い換えれば女としてのランクが低い東大生のカレシが欲しいと思っていて東大の軟派サークルに入って来るような打算的で醜悪な女子大生に話した時は、「そんなこと考えて生きてねえし、やっぱ東大生は頭の作りが違うから」とか言ってたし。ちなみにこれは余談だけど、今までの経験上フェラチオが一番上手《うま》かったのが彼女だった。僕の記憶が正しければ僕は今までに八人の女の子からフェラチオをしてもらったことがあるけど、彼女のフェラチオは他の七人のフェラチオとは快感の次元が違い過ぎていた。他の七人のフェラチオは僕のペニスを頑張って頬張ってくれてありがとうといった稚拙な動きだった。テクニックといえばペニスの舐め方の違いくらいなもので、感じることは感じるけど肉体的快楽というよりは、汚物が排泄される器官を味覚を司る器官で舐めている、つまり味わっているという行為そのものに征服欲を刺激されて嬉しかったに過ぎなかった。それに比べると彼女の舌は薬物だった。お酒がアルコール中毒者の、タバコがヘビースモーカーの、パチンコが休日パチンカーの、激安キャバクラが心の摩耗したスケベな男の薬物であるように、彼女のフェラチオは僕の生活になくてはならないものになっていた。彼女のフェラチオは僕の体験したすべての女性器を超越していた。彼女は僕のペニスを根元まで飲み込み頭を凄いスピードで上下に振ったり舌をペニスに巻きつかせて回転させたり唇と擦《こす》れるように口をすぼめてペニスを口から出し入れしたりと僕は初めて精神的な満足感に浸る余裕のない肉欲の快楽を教えられたのだった。初めて彼女の口の中に射精した時は、思春期のマスターベーションでも出ないくらいの大量な精液がドッピュンドッピュンドッピュンドッピュンと勢いよく出てしまい彼女が上目使いで微笑《ほほえ》みかけてきて死ぬ程恥ずかしかった。今思い起こせば彼女はフーゾク嬢だったのかもしれない。

――と、このように男は偉いという僕の主張に反論してきた女など一人もいなかった。だから反論された時に言い返す言葉なんて考えてある筈ないしそもそも反論されるなんて思ってもみなかった。自分の主張にはどういった反論の余地があるのか自分ならどうやって反論し、その反論の反論をどうやってするのか僕は謙虚に考えておくべきだったのだ。それさえ考え出せておけば僕はすべての女性に対して負い目の混ざった畏敬の念を抱かずに済んだのに。

男は女には絶対に敵《かな》わない。僕はその言葉の意味する本質に気付いてしまった。残念ながら絵美の言わんとすることが心に響いてしまったのだ。

僕は戦意喪失しているのに絵美はしゃべり続けた。

「当たり前だけど男は子供を産めないでしょ。男には生物が生き残る為に絶対不可欠な子孫を生み出す機能がない。ってことは男だけでは生き残れないってことでしょ。でもね、女は女だけで生き残れるんだよ。男が進歩させてきたとかいう科学技術のおかげで精子がなくてもクローン技術があれば無性生殖で細胞から子供を作れるんだからね。本当は子供じゃないけど。女にとって生物学的な意味での最大の役割が子供を産むことなら男は女に種付けすることが生物としての根源的な役目でしょ。でも今の科学力なら男が種付けしなくたって女は人工的に妊娠できるわけだからそうしたら男なんて必要ないじゃん。科学によって男は生物としての存在理由《レーゾンデートゥル》を剥奪されちゃったんだから。でも、くどいけど生命は女からしか誕生しないんだよ。男は子供を作れないんだからせめて車や電車や飛行機くらい作ってくれなきゃ女と男のレーゾンデートゥルの比率が合わないんじゃないの？　アンタだって女から生まれてきたわけだしさ。世の中に男から生まれた人がいるの？　いないでしょ。ねえ」

　つまり、女は生命の源なのだから物質の生産はしなくてもいいと絵美は言っているのだ。仕事をしない男は存在価値がないけど、女は仕事をしなくても女だから、女だからというのは生命の源なのだからという意味において存在価値があると言いたいらしいのだ。なるほど確かに男性に対する女性の究極的なアドバンテージは生命を宿せるということに相違あるまい。さらに生体科学が進歩して男の下腹部に人工子宮を埋め込み肛門から産むのか帝王切開で取り出すのかいずれにせよ男でも生命を宿せるようにならない限りは、種の存続については女性に頼らざるを得ないという当たり前と言えば当たり前過ぎるこの現実が男である僕の胸の中に、女へのなんとも言いようのない感情が悪性腫瘍のように芽生えてしまったことを認めざるを得ない。だからこそ俺はすべてのオンナを尊敬しているというのは本当のことなのだ。人類の発生以来今日《こんにち》までよくぞ人類という種を進化させ創り続けたものだと改めて女性の存在に畏敬の念を抱かざるを得ない。僕は、生命を創り出した女性達を神のように賛美したいと思う。しかしながら男性に対する女性のアドバンテージが生命を宿せるということだけであるならば、子供を産んでいないのに子宮癌などで子宮を摘出して生命を宿せなくなった女や、その女《ヒト》の生き方《ポリシー》として子供を作らない人生を選択した女などは女性としての存在価値を認める訳にはいかないのでその様な女を僕は尊敬しない。男には許されなかった出産という神から授かった特権的な任務を遂行できない女なんぞ僕は絶対に尊敬す訳にはいかない。これは男のプライドにかけてのことだ。そうでなければ男の自分が惨め過ぎるではないか。

最近の男は女に騙されている気がしてならない。

人間は男が外へ出て働き女は家事や育児をして進歩してきた。その状態が人間の当たり前のライフスタイルだった。フェミニストの言う男社会というやつだ。そのフェミニストと呼ばれる一部の女達が唱えてきた男女平等が世の中に浸透して今ではフェミニストの唱えた男女平等が当たり前の様に思われている。だから男は、元来男の領域だった筈の仕事場を次々に開放して女も外へ出て仕事ができる様になった。僕はそのことに何一つ疑問はない。疑問なのは女が女の領域を開放しないことだ。女が女の領域を開放するとはどういうことなのか。夫に家事や育児を手伝ってもらうことなのだろうか。否、そうではない。男が仕事も家事も育児もやるようになることが男女平等では断じてない。本当の男女平等とは男が専業主婦の妻と子供を養うように専業主夫の旦那と子供を当たり前のこととして養う女が男並みに増えることである筈だ。女は自分の愛した男を、もしかしたら結婚して愛の冷めてしまった夫を女の責任として養えるだろうか。俺は夫と子供を養っている女の話なんて聞いたことがない。女は男の専業主夫なんて許さないし愛した男が無職ならばシングルマザーを選ぶだろう。女は家事労働や育児労働の大変さを吹聴するわりには男の専業主夫を認めないし、実際に夫と子供を養っている女なんていないのだから、それはつまり家事や育児より仕事の方が大変だと暗に認めていることになりはしないか。フェミニストが唱える男女平等なんてものは良くできた詭弁であると僕は言いたい。女は自分の領域を開放していないくせに男女平等を唱えるのは矛盾していると知るべきだ。くどいけど女の領域とは家事や育児だけをしている専業主婦と呼ばれる立場のことで、その立場を男に開放しない限り僕は男女平等を認めるわけにはいかない。男は妻から家事や育児のことで文句を言われても騙されてはいけない。妻の言うことはフェミニストの作り上げた良くできた詭弁なのだから。共働きの場合は別だけど。

僕は早稲田の政経と慶應の経済を滑り止めにして現役一発で東大文Ⅰに合格した男だ。だから少しくらい良くできたフェミニストの詭弁などでは僕を騙すことなどできはしないのだ。

第二章　それは素晴らしいものだから

あたしは頭がいいから売春する権利がある。

あたしの頭の良さはソクラテスを超えるのだけど、明確な根拠を示せないので説得力がなく残念だ。もちろん、紀元前三九九年に死んだソクラテスはそれ以後の人類の叡智を知らないのだから、そんな人と比べるのもおかしな話だということは分かっている。

あたしの知能指数《IQ》は１７９だから死んでしまった人も含めて、すべての日本人のＩＱランキングを出したら結構上位にランクされると思う。あたしの記憶が正しければ、天才作家とか言われている筒井康隆のＩＱが１７８だからあたしは天才を超えた超天才ということになる。もしかしたら日本史上一番頭がいいのはあたしかもしれない。日本の歴史には「天才」と称される人物が何人かいるけど、あたしには「天才」と称される人が天才には思えない。何故だか知らないけれど多くの日本人が好きな織田信長や坂本竜馬なんかあたしに言わせれば単なる大バカ野郎だ。信長も竜馬もその人の人生の意義を問われる最初で最後の一番重要な義務、そして最終的な大仕事である最期の死に様があたしの美意識に反するのだ。あたしには彼らの最期が断じて天才の死に様には思えないのだけど多くの日本人には彼らの生き様が「天才」に思えるらしいからやっぱりあたしは頭がいいと思う。

あたしは頭がいいけど売春する権利がある。

あたしが売春するのか否かはあたしが決める。だってあたしのことなのだから。あたしが売春するのにママや友達は関係ない。諄《くど》いけどあたしのことなのだから。もちろん学校とか国家なんてのも関係ない。本当に諄いけどあたしのことはあたしが決めるしあなたのことはあなたが決めればいい。あたしにはあたしのあなたにはあなたの生き方があってそれを邪魔する権利は誰にもないのだから。このことは日本国憲法第十三条で保証されている。

――すべて国民は、個人として尊重される。

生命、自由及び幸福追求に対する国民の権利については、公共の福祉に反しない限り、立法その他の国政の上で、最大の尊重を必要とする。

売春が公共の福祉に反するわけがない。もし反するのなら買春だって公共の福祉に反するわけだから買春する男は反体制の少数派に限られる筈だし、それに売買春が公共の福祉に反するのならコンビニで読み捨てられるスポーツ新聞を買うように男が女を簡単に買えるような社会構造や社会情勢にはなっていない筈だ。それなのにこの国の現実として電話やパソコンのあちら側とこちら側で女を買いたい男と体を売りたい女、もしくは非日常的な刺激を味わいたい女が意気投合してお互いの欲望を満たしているのだ。お互いの合意の下に行なわれる売買春は売り手と買い手の二人だけの秘め事にさえすれば誰も傷つかないのだからあたしは売買春が絶対的な罪悪とは思わない。

そういうわけで、あたしは中学二年の夏休みから精神的肉体労働をしている。大学三年の現在までに少なくとも五〇〇人の男を相手にしてきた。五〇〇人と言っても食事やカラオケに付き合うだけで一〇万近いお金をくれる男もいるし、おっぱい揉ませて一万円とかフェラチオしてイチゴ《一万五千円》などＡＬＬ《オール》（セックス）なしの援助交際もあるから本番の売春をしたのは実質一五〇人くらいだと思う。

稼いだお金はなるべく貯金するようにしている。貯金通帳は中学生になった時にキャッシュカードと一緒にママがくれた。自分専用の通帳を手にした時は少し大人になったような気がして嬉しかった。

ママは、日本語の女性に優しいスケベな男という意味ではなく原語通りのフェミニストだから「一人前の大人は精神的にも経済的にも自立してなきゃダメなのよ。女だからって他人に甘えてはダメよ」といつもいつも口うるさい。そういえば初潮祝いの時もママの有り難いお言葉を頂いてあまり食が進まなかった覚えがある。そういうママが「絵美も中学生になったのだから月々のおこづかいは自分で管理なさい、新しいCDラジカセ買ってとか洋服代頂戴とか友達と映画に行くからお金頂戴とかおねだりしてもママは知りませんよ。五千円は預金して三千円だけお財布に入れるとか考えないとお金なんてあっと言う間に消えちゃうんですからね。お金の管理ができないようでは一人前とは言えないのだからこれも大人になる為の勉強だと思いなさい」とカードと通帳を手渡してくれたのだった。その時あたしは「じゃあ、ほとんどの大人が一人前じゃないじゃん。日本は借金大国なんでしょ」と言ってママを苦笑いさせたのだった。そしてママはやっとの思いで「絵美は一人前の大人になってね」と言ったのだった。

現在あたしは九百六十二万六千五百二十二円の預金があるから、どうやらあたしはお金の管理という点に関しては一人前の大人らしい。こうなれたのも全てママのおかげかもしれない。だから一応ママには感謝している。

ママは産婦人科の医者だけど、教育評論家として新聞やラジオに顔を出すし講演会で全国各地を回っているので一週間に一度も一緒に食事をしないなんてことはあたしにとっては当たり前のことだし仕方のないことだ。小学生だった反抗期の生意気盛りの頃は、よく友達の真理子ちゃんから「絵美ちゃん家《ち》はうるさい人がいなくていいね。あたしん家なんか専業主婦だからずーっと家《うち》にいるでしょ。誰かに構ってもらいたいのかなんなのか知らないけど勉強してる時に『お買い物に行くけど行く?』とか訊いてくるし、勉強が一段落してテレビ見ていると『あら、もう終わったの、早いわねえ』とか言うし、もう、ほんっとにイライラするよ。あんたはわたしをムカつかせる為に生まれてきたのか、わたしはあんたに一流の有名小学校に通う所謂《いわゆる》お嬢様の母親という勲章を与えたんだから頼むから勉強の邪魔しないでよ。それにあんたもそれなりにいい大学出てるんだから家ん中でケーキなんか焼いてないで外に出て働きなさいよって言いたくなるね。まったく、そのうちあたしゃイライラ虫に食い殺されるよ」なんて愚痴を聞かされて笑い合ったものだ。

小学校では、あたしみたいな鍵っ子は、何故か羨望の的だった。あたしは鍵をネックレスみたいに首からぶら下げ虚しい優越感に浸るのが好きだった。

車で送り迎えしてもらっている子もいたけど、あたしと真理子ちゃんは電車通学だった。たまに真理子ちゃんの家に寄って一緒に宿題したりあたしの持っていないマンガを読ませてもらったり、時には将来のことなども話したりした。真理子ちゃんの家に行くと必ず真理子ちゃんのお母さんが手作りのおやつを出してくれてあたしはそれが楽しみだった。

でも、いつもは誰もいない家に帰って色んな所から送られて来た全国各地の名産品のお菓子を食べながら宿題をやった。それがあたしの日常だった。

あたしのお気に入りのおやつは、北海道の夕張メロンゼリーでこれだけは残さず食べた。他のお菓子は少しだけ食べて捨てていた。もったいないけど仕方がない。年寄り向けの和菓子なんてそんなに食べられるものじゃないのだから。

一度、結構好きな鳩サブレーの鳩の頭だけ齧《かじ》って胴体を粉々に砕いて便器の中に撒いてその上からうんちをした事がある。何故そうしてみたのか自分でもさっぱり分からないけど、宿題をしてたら突然そうしたくなったのだった。そしてそうしてみたら妙にすっきりしていつもより勉強が捗った気がした。

ママのいない日はパパと二人で夕食を摂ることになる。パパは料理をしないのでいつもスーパーのお惣菜か出前か外食になる。パパとはたいして話すこともなくパパとの食事は基本的に退屈だ。でも、仮面親子のお約束的会話を交さなくてもいいだけあたしは気が楽だ。それにあたしはパパが嫌いじゃないし、パパはおもしろい話をしてくれる時もあるからパパとの食事が気不味《きまず》いわけではない。

パパは精神科医をしている。とは言っても病院で働く臨床医師ではなく大学の医学研究所で精神分析をしている研究医だ。

パパは精神分裂病や自閉症やパラノイアや心に鬱屈した何かを抱えている人が描いた絵を持って帰って来て、それをあたしに見せながら嬉しそうにその絵を描いた人の病状と絵の特徴を関連づけて話してくれる。絵は心の合わせ鏡というわけだ。

あたしはパパの影響だと思うけど、人の心の在り様、つまり精神分析に興味がある。パパの話してくれる人間の精神が不思議で仕方がない。パパの話はおもしろくて、思わず腸捻転を起こしそうなくらい大笑いしたり、逆に脳捻転を起こしそうなくらい考えさせられる時もある。

あたしの記憶に残っている一番印象深い話はＵＦＯに乗ったことがあると言い張る二十代後半の男の話だ。その男は宇宙人が人間を攫《さら》って人体実験をしていると大真面目に話すのだ。男は学生時代に中南米を旅行してそこでＵＦＯを見て以来ＵＦＯの虜になりＵＦＯ

を研究するようになった。男はナスカの地上絵やストーンサークルなどの古代遺跡は人間が宇宙人と接触していた証拠で、古代文明の遺品の中には現代の高等数学や物理学を駆使して初めて理解できる形をした装飾品や現代の建築技術を駆使しても建てるのが難しい建造物が現実として存在するのでそれらは人類の歴史に宇宙人が関与していた証拠だしそれに自分も実際にＵＦＯをこの目で見たんだと主張するのだ。

もちろん男はアホだけどそこまでなら許された。ＵＦＯだろうがネッシーだろうがウルトラマンだろうがやりたければ勝手に研究すればいい。でも、その男はＵＦＯの写真と記事を出版社へ持ちこんだ際に女性の編集者が冷たく嘲笑ったのに逆上して編集者の眼球をボールペンで突き刺してしまう傷害事件をやらかしたのだ。何処《どこ》の出版社も相手にしてくれず持ちこんだ先でも笑われて男はキレてしまったのだ。警察の事情聴取の時もＵＦＯは存在する、人類はいつも宇宙人に監視されている、アメリカで起きている家畜の大量虐殺事件やミステリーサークルは宇宙人の仕業だ、の一点張りで話にならず精神鑑定にかけられた結果、精神分裂病の疑いがあるということで精神科に送られたのだった。

その男の絵もそうだけど、伝えたい何かを理解してくれる人がいなくて精神を病む人の絵の色調は暗いことが多い。外の世界に対してわずかな光も感じられなくなったのかもしれない。だから絵のように心も暗いのだと思う。

パパは色んなことを話してくれた。今から思えばパパなりの教育だったのかもしれない。いじめられっ子は暴力的ないじめより無視《シカト》される方が恐いらしい。そしてこういう肉体的苦痛より誰からも相手にされない孤独感や自分は世の中から見放されているのではないかという不安や怯《おび》えを持っている子がいじめグループに入ると仲間から一目置かれたいという焦りにも似た衝動が増幅して際限のない残虐ないじめをやってしまうことになるのだろう。自分が孤独感を味わうくらいなら他人を傷つけてでも誰かと仲間意識を共有したいらしいのだ。

「仲間意識を共有したいという心理が若年層の精神分析のポイントになるんだと思うんだけどなあ」

小学生の時に聞いたパパの話は、あたしが大学生になるだけの年月を経てとうとう表面化してきたようだ。ガングロはガングロを友達にしたり、仲良しグループで携帯電話のメーカーを揃えたり、友達関係を築くには特定のアーティストを応援しなければいけなかったりするのだから。自分と同じ価値観を持っている人でないと仲間として受け入れたくないという風潮が如実に見てとれるではないか。しかしだからといってすべての若者が誰かと仲間意識を共有したいと思っているわけではないと思う。あたしは誰かと仲間意識を共有したいと考えたことがあっただろうかと頭を絞ってみたけれど記憶にない。

　あたしは小学生の頃に聞いたパパの話を頭と心で記憶している。

「世の中には自分と違う価値観や考え方をする人達がいて、その人達と争わずに生きていくにはどうすればいいのか考えなくてはならない」

　パパはそういうことを言っていたと思う。そしてあたしは、お互いの価値観を認識し合い尊重し合えれば自分の価値観と違う人達とも争わずに生きていけるとバカみたいに信じていたけど、今は信じていない。あたしは小学生の頃とは考え方が変わってきている。あたしは大人になったのだと思う。

　あたしは精神科医にはならない。

　あたしは小学生の頃、本気で精神科医になろうと思っていた。小学校の卒業文集にも将来の夢は精神科医になることとはっきり書いている。その夢は才能のない男の子がプロサッカー選手になりたいとかプロ野球選手になりたいと夢見るのとは違うし、可愛いお嫁さんになって楽しい家庭を築きたいと世間知らずな幻想を抱いてしまう未熟な女の子とも違い、あたしにとって精神科医になることは現実的な夢だった。小学校の卒業文集に将来はお嫁さんになりたいと書いていた女の子がいたけれど、あたしには夫婦仲の良い明るい家庭を築くことよりも精神科医になることの方が簡単に思えた。あたしにとって精神科医になることはピーマンやニンジンを食べる程度に難しく容易《たやす》いことに思われた。与えられた勉強のカリキュラムを普通にこなし、お受験のレールの上を無難に走りさえすれば取り分け頑張らなくても医学部には入れたと思う。あたしの場合学力に問題はないのだ。

東大志望の小学生は五年生から受験勉強を始める。幼稚園から大学までエスカレーターで進学できる私立の学校でも学内の成績が問われるので少しは勉強をする。成績の優秀な子は中学高校大学の節目でより偏差値が高くて社会的評価の良い学校の入試を受ける。芸能人や医者や弁護士や官僚や政治家の娘がたくさん通っていそうな格式が高くて清く正しく美しいイメージのある私立のお嬢様学校には幼稚園と小学校だけ通って、学力の高い子は東大進学率の高い高校の進学率の高い中学校の受験勉強をやり始める。逆に言うと受験勉強を経験せずにエスカレーターで幼稚園から大学まで行く奴は金で学歴を買うバカということになる。もちろんバカなのは子供だけではなく取り分け親なのだが。

あたしの回りでも五年生から塾通いしたり家庭教師をつけたりしていた。みんな当たり前のように塾へ行ったり家庭教師に見てもらったりしていた。でもあたしは特別何もしなかった。親も何も言わなかった。それでも学校の成績は体育以外パーフェクトだったし、有名私立中学志望の子が受ける某大手進学塾主催の統一テストでは東京都で一番になったこともある。それも別に頭をフル回転させたわけではないのだ。時間が余って回りの人達を観察する余裕すらあった。みんな異常に熱心で試験会場の空気は殺気立ってピリピリしていた。だけどあたしの全身には試験会場の空気とは同調しない冷めきった気怠《けだる》さがまとわりついてテスト中に何度もその場から全力疾走で逃げ出したくなったりした。

テスト問題は機械的に解いた。解けない問題は考えずに諦めた。特に算数には塾通いでもしていない限り絶対に解けない問題が一問あった。それで二十分も時間が余ったのだ。算数は都内で八番だった。

髪の毛を栗色に染めたあたしの席の前の男の子はテストに集中し過ぎていたあまり自分の激しい貧乏ゆすりに気付かないようだった。特に算数のテストの時は精神病患者の様に落ち着きがなかった。頭をバリバリ掻きむしったりシャープペンシルを髪の毛にからませたりブツブツ何かぼやいたりしていた。明らかに受験勉強で苦しんでいるだろうことは見てとれた。あたしは不思議だった。彼にとって病的な程ストレスを溜め込んでまでする受験勉強になんの意味があるのだろうか。医者や弁護士にでもなるつもりなのだろうか。もしもそうならやめた方がいいと思った。あたしみたいに頑張らなくても偏差値の高い人が偏差値の高い学校へ行って医者や弁護士になればいいのだ。彼は受験勉強に向かない体質なのだから自分に向く何かを見つければいいのにと思ったけどすぐに考え直した。あたしは「昔は勉強だけが唯一の価値基準ではなくて、クラスの中にはマンガを真似るのが上手な子や頭は悪いけど正義感の強いガキ大将など個性のある子がいてそれぞれに価値のあることだった。しかし今は価値基準が勉強一辺倒だから勉強のできない子は落ちこぼれとして学校社会から弾き出されてしまう」という意見があるのを知っている。個性を大切にしよう。自分らしく生きようというバカな意見だ。小学生のあたしに自分らしく生きようなんて言われてもあたしにはそれが分からない。精神科医になることがあたしらしい生き方なのだとしたらすべての精神科医が山田絵美らしい生き方なのだろうか。何か違う。自分の才能を考えてみても何もできないことを思い知らされて憂鬱になるしかない。小学生のあたしにできることは勉強だけだ。勉強すらできないあたしの席の前の男の子は生きてて辛いと思う。それでも凡人だから勉強するしか仕方がないのだ。英語が世界中に広まったのは世界で最も単純な言語だからだ。日本に偏差値が根付いたのも偏差値が最も単純なシステムだからだ。優劣を決めるには客観的に評価できる偏差値が一番分かり易い。画家や音楽家に不可欠な数値化できない絶対的な才能や、プロスポーツ選手だけが持っている努力だけでは身に付かない先天的な運動センスの必要な世界ではなく、努力さえすれば報われるという幻想があるだけ偏差値主義はあたしの様な圧倒的多数の凡人を救済していると思う。偏差値が上がればそれだけ優秀な人間なのだと勘違いさせてくれるのだから。本当は何もできないくせに。

画一的な教育で育った個性的でない大人が子供に向かって個性だ個性だと騒いでも子供は混乱すると思うし、あたしみたいに少し第六感の様なものが鋭い子供は口先三寸の大人を警戒するようになるし、下手をすると大人になることに嫌悪感を抱いてしまうことにもなり兼ねないから、大人、特にテレビに出て来るナントカ評論家とかそういう連中は自分の思い付きであたかも何かを分かっている様なエラソーな口調で知ったかぶりを言わない方がいいと思うけど、それが飯の種なのだから仕方がないとも思う。ああいう連中の厄介な所は、頭の悪い親や教育関係者に信用されていて、親や教育関係者経由であたしら子供にとばっちりが来ることだ。

子供は自発的に色んなものに興味を持つ様になっていて自分はこれになりたいとか自分はこれがしたいという何かを探そうとするけど、本当に探し出したら出る杭は打たれるし、そもそもその動機になり得る芽を摘む為に学校があるわけだから圧倒的多数の人間にとって個性なんて必要ないんじゃないかとあたしは思うのだけど、テレビの大人達は個性だ個性だと苛立つくらいにうるさいからなんとなくムカつくし胡散《うさん》臭い。大人達は本当に自分の子供が個性的であって欲しいと願っているのか非常に疑わしいのだ。識者にとっては自殺もいじめも論ずる対象にしか過ぎず他人事なのだから。

日本国民ならば、絶対に日本政府認定規格の無印良品に製造されなければいけない。製造工場で働く教員は不良品を出荷しないように頑張るし、優良な製品は教員の手を煩わせずに次の工場へと出荷されていくのだけど、出荷される製品はどれも似たり寄ったりでおもしろくない。商品規格から外れる二股の少しエッチな大根がおもしろいように、不良品の方が魅力的な場合もあるけど商品にはならない。

往々にして不良品の方が個性的だ。

人間は絶対に出荷されなければならない。だから児童生徒学生は脱個性の方がいいとあたしは思う。賢明な児童生徒学生は教師との意思疎通を必要としない。優秀な児童生徒学生は先生の求める答えを適確に返答するだけで決して余分なことはしないのだ。

学校という所は、自分の気持ちに正直じゃなくても先生の気持ちに適《そぐ》えば素直で真面目で内申点の高い成績優秀な子ということになるようにできているから、あたしみたいに頭のいい子は芥川龍之介が言っている「最も賢い処世術は社会的因襲を軽蔑しながら、しかも社会的因襲と矛盾せぬ生活をすることである」通りにして優秀な成績を修めることができる。打算的に良い子を演じればいいだけの話だ。でも頭の悪い不良品は負け犬の左翼オヤジみたいに反社会的なことをして不様を晒したり大根役者が故に色んな自分を演じきれなくなって精神異常になったりする。

普通の人でいたければ学校や社会に対して疑問を持たないに限る。世の中は矛盾しているなどと少しでも考えると、その思考電流が増幅して増幅して増幅して暴発《ぼうはつ》して行き着く先は刑務所か精神病院かカルト教団か黄泉《よみ》の国だ。だからこそ世の中のすべてを受け入れる必要がある。

凡庸な大人達が「子供は可能性に満ち溢れています」なんて言うけれどそれは嘘だ。あたしは大人になることは少しずつ可能性の無さを悟ることだと知っている。だから自分の未来が可能性に満ち溢れているとは思わないし、第一、可能性なんていう無責任に嘘の自由を押し付けてくる言葉が嘘臭くて昔から大嫌いだった。

自由。

自由とは他からの束縛や支配などを受けない状態のことだ。自由は法の下にある。法の下にある自由は、実は自由ではなく不自由だ。人間はあらゆるものに拘束されており、何《なん》人《ぴと》たりとも自由の権利を手に入れることなどできない。重要なことは不自由の中で生きる術《すべ》を知ることだ。役者になりたいけど父親に反対された。レーサーになりたいけど目が悪いし頭も悪いしおまけに顔まで悪い。体を売りたいけど違法だ。プロ野球のスーパースターには自分ではなく誰かがなるのだ。女のあたしには一握の可能性すらない。

すべての人間が何か、少なくとも法の奴隷であり、法の奴隷である限り人間に可能性など満ち溢れはしない。人間に可能性が満ち溢れる時はすべての人間があらゆるもの、少なくとも法から解放された時だと思うけど、そんな時代は来そうもない。可能性の満ち溢れない世界ではあらゆる差別はあって当然だと思う。無い方がおかしい。

結局、法の下にある平等なんてものは、

女にとって、

男にとって、

同性愛者にとって、

少年にとって、

成人にとって、
老人にとって、
犯罪者にとって、
被害者にとって、
在日外国人にとって、
被差別部落出身者にとって、
高額納税者にとって、

あらゆる何者かにとって、実は滅茶苦茶不平等な状態でしか成立しないものなのだ。だから紫式部みたいに「綺麗だよとかセクシーだねと男の一方的な価値観で女を評価するな」と日記に書きつつ頭の悪い貴族の男の顔を立てる為に自分の有り余る才能を押し殺してひっそりと生きるのは疲れるだろうけど仕方がないのだ。女の分際で身分不相応な教養を身に付けてしまったのだから。それに紫式部は美人らしかったのだから男の一方的な価値観で評価されても嫌な思いはしない筈だ。あたしの生きてる時代には男の一方的な価値観に便乗して飯を食ってる女がかなりいるので、そんなことに疑問すら感じない。外見だけで大金を稼ぐ女はそれができないブスと呼ばれる女達の憧れだ。紫式部は容姿ではなく中身の才能を評価されたかったと思うけどいつの時代もバカな男は才女を煙たがり悪女に仕立て上げるのだから諦めるしかない。美人は男に受け入れられブスは拒絶される。美人は世間の華となりブスは社会のゴミ扱い。そしてゴミ拾い。美人は得でブスは損。やれやれ。だけど仕方がない。人類の歴史はそういうものなのだから。そしてそういうものだからこそ男女差別撤廃を掲げて茨《いばら》の道を歩むのも女性を武器にして大金を手に入れるのも個人が自由に決められる時代が来ればいいと思う。これこそが個性尊重というものだ。

　セックスはしたいけど性交《や》った女といちいち付き合うのは面倒臭いと思っている男にとって「あたしのカラダなんだからあたしがどう使おうとあたしの勝手でしょ」とか「誰にも迷惑かけてないんだから別にいいじゃん」と自己主張して売春に励む女の子は在り難い存在だ。買春男にとって彼女達は存在自体価値がある。逆に、ハゲでもデブでもオヤジ臭がしてもどんなペニスでも相手が誰であろうとセックスできる女にとって売春ほど楽な金儲けはない。それに売春は副業的にできるので若い女なら誰でも簡単に始められる。なんと言っても、

「親には秘密だけど実は売春婦です」

「夫には内緒だけど実は売春婦でした」

この匿名性こそ売春のスリルなのだ、だなんて小学生のあたしには考えもつかなかった。ほとんどの売春婦は小学生の自分が見たら何かの間違いだと思うだろう。少なくとも副業的に売春をしている女達にとって見れば売春婦の自分は存在しないのだから。存在するのは「学生」「フリーター」「主婦」「ＯＬ」の自分だけだ。

あたしはいつもテストの点が良かった。ただそれだけで先生からいつも信頼されていた。小学生の時、学校行事の一つとしてゴミ拾いがあった。体操服に着替えて街中のゴミを拾わされた。建前は「公共心を育み社会性を身に付ける」という教育の一貫らしかったのだけど、本音は学校の売名行為だなと思った。その証拠に某大手の新聞記者が取材に来て新聞の地方版に記事が載ったのだ。小学生だったあたしは間違いなく「なんであたしが学校の名前を広める為にゴミを拾わんといかんの？　それにタバコの吸い殻はあたしには全く関係ないじゃん、大人が拾いなよ、どっかの会社が売名行為でゴミ拾いでもすればいいじゃん、子供のあたしらには全く関係ないじゃん、あたしは拾わないよ、絶対に拾わない」と思ったし、実際タバコの吸い殻だけは絶対に拾わなかった。バレないように下水溝に捨てた。「小さなゴミを下水溝に落とさないように」ということだったけど落とした。都合の良いことばっかり言うなと思ったのでしっかりと落とした。あたし以外のみんなは一生懸命拾っていた。テストの点が悪い子も一生懸命拾っていた。ゴミ拾い中あたしは内心不思議だった。なんで自分がポイ捨てしたわけでもないゴミを笑って拾えるんだろう？　操り人形みたいにゴミ拾いして反抗心みたいなものは湧かないのだろうか？　もしかしたら本当に操り人形なのではないか？　そしてゴミ拾いの最後には心の中で「操り人形のみなさん、ゴミ拾いごくろうさま」とほくそ笑むあたしがいた。

それでもあたしはテストの点が良いから先生はあたしを信頼してくれる。有り難いことだ。

ゴミ拾いした後のジュースは一際美味かった。

後日、先生から呼び出された。ゴミ拾いの感想文をPTA広報に載せるから代表で書いて欲しいという頼み事だった。優秀な感想文を書いた。先生に褒められた。あたしは一生懸命ゴミ拾いをしたみんなに感謝して、やっぱり取り消した。感想文を書いたのはあたしなのだから。

あたしはお嬢様小学校を卒業してエリートコースを歩むことになった。東大進学率の高い中高一貫の中学校に合格したのだ。

一番喜んだのは担任の先生だった。職員室の前の壁に名前が掲示された。あたしの合格した中学に合格したのはあたしも含めて九人だった。真理子ちゃんは落ちた。真理子ちゃんとはそれっきりになった。家で合格祝いはなく、ママは「まあ、受かったの、良かったわね」と言っただけだった。超エリートのママからしてみればなんてことないのかもしれないけど、もう少し何か言い方があるんじゃないのと思った。あたしはわざと落ちれば良かったと後悔した。受験したのも先生の強い奨《すす》めでなんとなく受験することになってしまったからだった。

「山田さんなら今まで通り勉強すれば大丈夫です」

と、あたしは当然受験するものだということになってしまっていた。あたしのクラスでは六人が受験してあたしだけが受かった。真理子ちゃんは一生懸命受験勉強していたのに落ちた。あたしは頑張らなくても受かった。真理子ちゃんからの年賀状には「二人で合格して中学でも仲良くしようね」って書かれていた。二つとも実現しなかった。あたしが落ちれば一つは実現できたのに。合格したのに大きな過ちを犯したようで嫌だった。真理子ちゃんが落ちるとは予想だにしなかった。真理子ちゃんもＰＴＡ広報の感想文を書いていたし、学校行事も真剣に取り組んでいたし、成績もあたしには劣るけどパーフェクトに近かった。なのに真理子ちゃんは落ちた。あたしには何かそうなるように仕掛けられているような気がしてならなかった。合格発表の日以来、釈然としない胸の内を考えた。来る日も来る日も考え続けた。何を考えているのか分からなかったけど、漠然とした何かを考えて実体のある答えを見つけ出したかった。

何かの仕掛けはあった。つまり、あたしが血眼になって死ぬ思いで努力したとしても、プロ野球選手や『アタック・ナンバーワン』の鮎原こずえの様な女子バレーのヒロインやスーパーモデルには絶対になれないということだ。努力家の真理子ちゃんが落ちて、マイペースのあたしが受かった理由。それは、世の中は不平等だからこそ成り立つのだという簡単な仕掛けだった。

あたしが努力しなくても受かったのは、あたしの頭が元々優秀だったからで、それは仕方のないことだ。頑張り屋の真理子ちゃんが落ちたのは元々バカなのに無理して才女を決め込むからで、それも仕方のないことだ。ただそれだけのことなのだ、と思い込んだ。

合格発表の日以来、学校での真理子ちゃんは回りを避けるように一人でポツンとしていた。真理子ちゃんに話し掛けたくても、見えない壁がそれを妨げた。

あたしは辛かった。だから何度も電話しようと思ったけれど、どうしてもできなかった。

「山田ですけど、真理子ちゃん居ますか」「真理子ちゃん残念だったね」「あたし悪運強いから」「映画でも行かない？」「真理子ちゃん、落ち込んでない？　大丈夫？」

今までごく当たり前に会話ができた相手なのにどう話せば良いのか分からなかった。何日も悩んだあげく気が付いた。受験の結果が出た時からあたしと真理子ちゃんは別の、そしてそれぞれの道を歩き初めていることに。あたしにはあたしの、真理子ちゃんには真理子ちゃんの人生があって、いつまでも仲良し二人組でいるわけにはいかないし、遅かれ早かれ別れがやって来るということに。

あたしは、「せめて真理子ちゃんの未来が明るいものでありますように」と自宅から自転車で二時間の所にある小さな神社へ御参りに行った。

猛スピードでペダルを漕いだ。

入試問題に使われるような下手クソな日本の文学作品では、作中人物の心情と風景描写が比例して（例えば、主人公が悲しいと都合良く雨なんか降ったりして）、それならばあたしの場合も痛いくらいの大粒の雨が瀑布のように打ちつけて何もかもを冷たく濡らしたけれど、痛いのは打ちつける雨のせいではなく、濡れて冷たいのは雨に打たれた全身ではなく、全身《からだ》の底から込み上げる大粒の涙が心を濡らして、とかなんとか描写されるくらい悲しかったけれど、実際は冬なのに汗を掻くくらいの快晴でそれが余計にあたしの不快指数を高めた。

風に滴を乗せながら、天を睨んで、

「真理子のバカ」

と呟いた。

「人生は孤独であることだ。みんな一人だ。ヘルマン＝ヘッセ」

と付け足して競輪選手のようにペダルを漕いだ。

賽銭箱には、お賽銭を忘れたので替わりに唾を入れといた。


小学校を卒業して二週間後くらいにパンツが血で染まった。

ママが炊いたほかほかの御飯と、ママが作った大根とワカメと豆腐と長ネギの入ったお味噌汁と、ママが作った名前の知らない青菜のお浸しと、ママが作った大根と鯖の味噌煮と、スーパーのお惣菜コーナーで買ってきた酢豚と餃子の夕飯をパパとママとあたしの家族三人で摂っていたら突然パンツに湿り気が滲んで広がっていった。

びっくりした。びっくりして泣きそうになった。コレが来た時、ママとあたしは「いらなくなった問題集や小学校で使った色んな道具を片づけなさいよ、制服も買わなきゃいけないし大変なんだからね」と中学生になる準備の話をしていた。パパみたいに上手に鯖を食べれなくてテーブルに味噌を垂らしてママに「垂らさないの、ほら、下に御飯のお茶碗を持ってくるの、頬っぺに味噌がついてる、違う違うもっと上、そう、そうそこ」とか言われながらママと話をしていたらコレがあたしにやって来た。

自覚症状もなく突然染み出して来てパンツに染みていくのだけど、あたしにはどうしようもなかった。お腹やお尻に力を入れてみたけど意味がなかった。

あたしは、ママの話が耳に入らなくなりママはあたしの様子の変化に気が付いて、「どうかしたの？」と病人を労《いたわ》る様な声であたしに訊ねた。

パパは鯖をつついていた。

あたしは目線でソコを指して「来た」と一言だけ泣きそうな小声で言った。ママは流石に女だからそれだけで分かったらしく嬉しそうに「あらっ、良かったわね、パパ、絵美に来たわよ」と言ったけど、パパはなんのことか分からなくて「来たって何がだよ」とママに聞き返したので、あたしは目で「パパは男だから鈍感だね」とママに合図したら、ママはそれが分かったらしく「仕方がないわよ。ママの時も初潮祝いでお赤飯炊いたらママのお父さんなんか、おっ、今日は誰の誕生日だ、なんて言ってたんだもの。年頃の娘を持ったお母さんなら誰でもピンとくるんだろうけど、これぱっかりは男のパパじゃね」と言ってにっこりした。その笑顔はあたしを落ち着かせるには確かなものだった。

ちびりちびりと晩酌していたパパは、初潮というママの言葉を聞いて「んっ」と驚嘆の変な声を出して、あたしをじっと見て「そうかそうか、それは良かった」と言ってあたしの頭をぎこちなくぐりぐり撫でた。パパの態度はあたしがこれからの人生で体験する男の鈍感さ、無神経さの洗礼だった。パパにはさりげなく悟って酔っぱらったふりでもしてさっさと寝て欲しかった。初めてのその場に男がいて欲しくなかった。とにかくあたしは死ぬ程恥ずかしくて顔から火が出そうだったのだ。

その日はとりあえずママのナプキンを使った。タンポンもあったけどナプキンにしといた。ナプキンの肌触りは予想以上に快適だった。寝る前に気になったのでトイレで陰部を触ってみた。指先に血《おりもの》が付いてそれをじっと見た。おっぱいはぺったんこだし陰毛も生えていないあたしでも体の中はもうすっかり大人の女なんだと思うと複雑な気分になった。コレであなたも大人の仲間入りですという時間の強制は、女にしか分からない憂鬱な悦びだった。少なくともあたしにとってのコレは単純な慶び事ではなかった。

大人になるって何だろう。

考えているうちに眠りに就いた。体も心も重かった。

次の日の夕食はあたしの初潮祝いだった。ママは仕事が忙しくてお赤飯を炊いたり料理をする時間がなかったので寿司やピザやフライドチキンでお祝いをした。今時お赤飯なんか炊かないのかもしれないけど、あたしはお赤飯が食べたかった。お赤飯が好きだからではなく。父母参観日に来なくても、運動会でカメラ小僧に化けるバカ親じゃなくても別に構わなかったし仕方がなかったけど、今回はお赤飯を炊いて欲しかった。あたし個人のことなのだから。

食事中の雰囲気はこれが家族との食事なのかと思えるほどつまらなかった。お寿司もピザもフライドチキンも美味しくなかった。

あたしが食事を始めるなり、ママは初めて見せる鬼気せまる真剣な面持ちで話し始めた。

「食べながらでいいから聞いて。今から話すことは、ママが母親として娘に知っておいて欲しいこと、それから産婦人科の医者としてすべての女性に知っておいて欲しいこと、大切な話をするからしっかり頭の中に入れておくのよ。絵美の人生で一番大切なことを話すんだからね。

月経があるってことは子供を産める体になったっていう証拠なのよね。今から少しママのお仕事の話をするから絵美も小学校で性教育のお勉強をして知っていることもたくさんあると思うけどちゃんと聞くのよ。

ママの所へ来る患者さんで、今一番大変なのはスキー旅行でできちゃったっていう未婚女性なの。その前はバレンタイン。その前は初詣でさらにその前はクリスマス。患者さんにママは話を訊くわよね、避妊しなかったのかって。した人もいるししなかった人もいるんだけどママが毎回思うのは、避妊の知識があまりにも乏しいってことなの。避妊になってないのに避妊だと思ってることもたくさんあるしね。だから今日はこの場で正しい避妊の知識を身に付けてもらいますから。

ママの所には色んな所から講演の依頼があってママは色んな所で講演するんだけど、中学校や高校に性教育の講演をしに行くと、うちの生徒には問題を起こすような生徒はいませんって胸を張る校長がいるのね。でも、産婦人科の医者として言わせてもらえば、こういう貧困な発想しかできない大人が問題であって、性教育っていうのは昔風に言えば異性不純交遊、今風に言えば援助交際をさせない目的で行っているわけではなくて、男も女も人生で最も叩き込まれるべき知識として、女だったら最低限自己防衛できるくらいは自分の体について知っておいて欲しいし、無知が故に他人事ではなく悲劇が自分に降り注ぐことをほんっとうに理解して欲しいと切に願ってるから講演に行くわけ。女にとって望まない妊娠ほどの悲劇はないいんだから。

まず初歩的なこととしてこういう考え方は未熟ですよという話をするわね。

ママが中学や高校へ講演に行くと大抵の学校が生徒に性意識調査というアンケートを実施してて、そのアンケートに決まってあるのが、性行為は何歳からしても良いと思うか？とか、愛があれば高校生でも性行為をして良いと思うか？　といった設問で、一番多い答えは相思相愛なら中学生や高校生でも性行為をしてもいいと思うという答えで、少数意見の中にはタバコや結婚年齢みたいに性行為できる年齢も法律で決めればいいとか責任のとれる大人でなければしてはいけないとか中学生高校生の色んな意見を見てきたんだけど、ママは産婦人科の医者として合格点を出せる意見を一度も見たことがないのね。だからいい年をした女性が次から次へと中絶する羽目になる。中絶が多いのは十代よりもむしろ二十代三十代なんだから。つまり、性に関する知識もないし、性に対する意識も低いまま大人になってしまった女性、もちろん男もだけどとにかく未熟な大人が多いっていうのが現状なの。それで痛い目に遭うのは女なのね、結局は。

性教育なんかすると子供がいらん知識を覚えていかがわしいことに興味を持つようになるから性教育なんかするなという性教育有害論を唱える教育評論家もいるけどそれは全く間違いで、正しい性の知識というのは一生役立つんだから、特に女には絶対に必要だし、嫌でもつきまとう問題なのだから絵美にも正しい性の知識と性意識を身に付けてもらいたいし、それを教えるのがママの仕事の一つでもあるわけ。それでさっきのアンケートの答えだけど絵美だったらどう答えるの？　……。

分かんない？　……。でもそれじゃあ困るのよ。答えはね、さっきから言ってる通り正しい性の知識と性意識を身に付け、それを一〇〇パーセント実行できるようになったらセックスしても良い。これがママの求める模範解答なのね。愛とか年齢の問題じゃない。望まない妊娠をした女性達はほとんど全員が彼《カレ》が大丈夫って言ったのにってママに文句を言うのね。ママはどうしてこういうことになったのか考えてみてって言うんだけどほとんど全員が男が悪いって言う。涙を流すのは自分なのに。彼はちゃんと外に出すからって言ったのにって言われても大体からして膣外射精は避妊じゃないんだから避妊法としてはほとんど意味を為さないってことを知らない。だから子供ができる。男も分かってない人が多いけど射精する前に透明のネバネバの液がまず間違いなく滲み出てて、その中に精子がいるわけよ。射精して出されたクリーム色した精液の中にだけ精子が入ってるわけではないの。だから射精する前に膣から出しても一度コンドーム着けずに挿入したら妊娠するには十分なわけ。妊娠したくなければ最低限、コンドームを着けてないのに受け入れないこと。それかピルを飲む。まずこれが一つ。それからこれは滅多にないことだけど、生理中の時は妊娠しないから中に出しても大丈夫っていうのも厳密に言えば間違いで、生理中でも妊娠することもある。膣内に放出された精子はすぐに死んじゃうのもいるけど逆にしぶとく一週間近く生き残ってて排卵されるのを待ってる場合もあるから、だって元々は子孫を残す為に性交してたんだから生理中だろうがなんだろうが避妊しないなんて甘過ぎるでしょ。それからこれは十代の女の子が多いんだけど、精子は熱に弱いから風呂の中なら妊娠しないとか精子は炭酸飲料で殺せるとか笑っちゃうような嘘を彼氏《カレシ》に言われて半信半疑でセックスして簡単に妊娠しちゃう。男はカネで責任をとったと思ってても中絶で泣くのは女なんだから。中絶は痛いからね、惨めだし、まあ、そういうことが産婦人科では頻繁にあるわけ。あっ、それともう一つ。安全日について。はっきり言えば安全日なんてないから。安全日だったのに。ママはこの言葉を何百回何千回と聞いてるの。安全日神話を信じてコンドームを着けてないのに受け入れる。その結果、安全日だったのに妊娠する。それはつまり安全日じゃなかったってことで、こんなことは一年中起こってるんだから。

重要なことは最初に言ったように、他人事ではなく悲劇が自分に降り注ぐということをどれくらい真剣に自分のこととして受けとめることができるかってことだね。大体さあ、さっきもちらっと言ったけど、元々子孫を残す為の生殖行動としてセックスがあったわけで、それを子供を作らずセックスしたいって方が自然の摂理に反してるわけで、それだったら自然の摂理に反してるなりの避妊をするべきでしょう？　当たり前のことなのよ。

女の体っていうのは不思議なもので、子供が作りやすくできているのね。月経前、つまり基礎体温の高温期っていうのはイライラしたりウトウトしたりどちらかっていうと体調不良の時期だから性欲はほとんどなくなる。その替わりに食欲が増すのね。わけもなくイライラしてわけもなく食べたくなる。これが高温期。低温期になると便秘がちだったのが良くなったり、わけもなく恋に落ちたり落ちたくなったり色々と活発になる。この時期は高温期に眠っていた性欲が目を覚まして男に対して気が緩みがちになるのね。そのピークが排卵期なの。女の体っていうのは排卵期と性欲が高まる時期が丁度重なってるわけ。コンドーム着けてなくても一回くらい大丈夫だよねっていう当《まさ》にその気の緩みがちな時期に体の中では子供を作ろうと準備して待ってることが多いの。だから妊娠したくなければ、いつでも安全日の筈の日でも必ず避妊をしないとダメなわけなの。

　そうすると次に正しい避妊の方法は何でしょうって話になるでしょ。ママの話をすると、ママは二六年間ピルを使ってる。ママの場合はアメリカやヨーロッパにいたからピルが当たり前になってるけど、じゃあセックスの時に相手の男は何もしてなかったのかって言うとそうではなくて、ちゃあんとコンドームを着けてたの。ピルを飲んでたのにどうしてコンドームを着けさせたのか？　それはね、厳密に言えばコンドームは避妊具じゃないからなの。どこの病院のデータを見ても避妊成功率は八〇パーセント台で九〇パーセントないってのがコンドームなの。百組のうち十何組かは確実に妊娠してる。本当はコンドームなら妊娠しない筈なんだけど現実として妊娠している。射精する時だけ着けるとか間違った使われ方をして妊娠しちゃう。だってね、ある患者さんが月経がないから何か病気じゃないかってママの所に来たの。診察してみたらその人妊娠してたんだけど、そんな筈ないって言い張るの。なぜならセックスをしてないからって。よくよく話を聞いてみるとペニスがインサートされてはなかったけど男性器と女性器が接触してた。そうしたら精子が膣口から侵入して妊娠することは考えられるから妊娠してもおかしくないわけなの。精液のついた指で女性器を触るだけでも妊娠する可能性はあるし、女の方がパンツはいててもヘビーペッティングで妊娠した人がいるくらいできる時はあっけなくできちゃうもんなのね。だからこそ、うるさいくらいに避妊しろ避妊しろって講演してるわけ。コンドームは最初から着ける。コンドームの二重装着は破れ易くなるからしない。こういうことをあなた自身がパートナーに言わなきゃダメなのですって言っても言っても中絶もSTD患者も増加の一途で本当、どうなってるのかと思う。

話を戻すけど、ピルを飲んでたのにどうしてコンドームを着けさせたか。答えはピルでは防げないものを防げるから。ピルでは防げなくてコンドームで防げるもの。それはSTDと呼ばれる色んな性感染症ね。患者さんの多くは、妊娠はやばいから気を付けてるけどSTDなんか全く気にもしないでセックスしてる。でもそれが落し穴。本当は妊娠よりもSTDの方が怖いの。妊娠は病気じゃないけどSTDは病気なんだから。ほとんどの患者さんが事の重大さを分かってない。自覚症状のないまま菌が拡がって子宮内膜炎や卵管炎を併発して、いつの間にか不妊症になってしまっていたっていうこともあるんだから。と言ってもピーンとこないでしょ。でもね、知らないってことは本当に恐ろしいことで、例えばエイズについて絵美はどれくらい知ってるかしら？　…………。じゃあ、クラミジア感染症は知ってる？　……。性器ヘルペスは？　……。尖圭コンジローマは？　トリコモナス膣炎は?

そう。知らないんだよね。学校である程度の性教育を受けてるにもかかわらず肝心なことは何も知らないわけ。絵美だけじゃなくみんながそう。大人だからって重要な性の知識を知ってるかって言ったら答えはNO。全く分かってないの。ママ達がやってる性に関する電話相談室には未だに外国で一夜のアバンチュールを楽しんだけどエイズとか変な病気にかかってないか、大丈夫なのかっていう相談が来る。コンドームを使用したのか訊くとほとんどがしてない。エイズってのは感染して発症するまで十年かかったりするわけで、感染しても気がつかないことが多いし、誰がエイズウイルス持っててもおかしくないくらいの病気なのに本当に買春に行く人達はみんながみんな危機感がない。日本人とアメリカ人と金持ちのアラブ人が集まるある東南アジアの売春スポットでは売春婦の八割近くがエイズ感染者だったっていう確かスウェーデンの医療グループが調査した報告があるんだけどそれでも買春に行く人は後をたたない。……。

クラミジアはおりものが多少増える程度だったり症状が軽過ぎて気がつかなかったりで放っておくと不妊症になることもあるし、ヘルペスは高熱、頭の激痛、それから性器にグチュグチュした潰瘍ができて最悪に痛い。特効薬で症状は良くなるけど一度感染したら一生ウイルスが住み続けるからたまに再発する。しかも厄介なことに男の感染者の八割は症状が出ないから男はまさか自分がヘルペスに冒されているとは思ってない。それで女に伝染《うつ》す。女が男に伝染《うつ》してその男が別の女に伝染《うつ》す。こういう悪循環がＳＴＤの厄介なところ。それで、これらのＳＴＤから守ってくれる防具がコンドームなわけ。避妊のことだけ考えてピルを飲んでるからコンドームを着けなくても大丈夫って思ってると思わぬ落とし穴に遇うことになる。だから、コンドームを避妊具としてではなくＳＴＤを予防する道具として認識して欲しいわけ。ママはアメリカやヨーロッパにいたから自然とそういう意識になってる。避妊はピルで、ＳＴＤ予防はコンドームでする。ママがピルを飲んでてもコンドームを着けさせたのはそういうわけなの。そして、今話したことが覚えておいて欲しいセックスしても良い条件。医療現場にはセックスを愛や道徳の問題で片づけられない現実があるってことを忘れないで欲しい。

ママが産婦人科の医者になろうと思ったきっかけは、学生の時にたまたま出産現場に立ち会う機会があってその時になんとも言えない感動を体感して産婦人科に決めたの。ママは優秀だったから本当は外科医になるつもりだった。医者の花形は外科だからね。だけど産婦人科を選んだ。新しい生命《いのち》の誕生を手助けするなんて外科医よりもカッコイイと思って産婦人科に決めた。ところが、出産に立ち合うなんて滅多にない。それどころか、中絶手術とかＳＴＤの診察とか不妊症の治療とか生理の相談とか母体保護法の話をしたり中絶費用の話をしたりセックスの相談受けたりママの描いてた産婦人科のイメージなんて全く甘かったし、人間の一番プライベートな部分を訊き出さないといけないし、嫌な所が見え過ぎちゃって精神的にまいっちゃうことも多いし、本当に悲惨な仕事に就いたものだと後悔することも多かった。でも、産婦人科の医者になって人間の本質みたいなものが分かってきたの。人間っていう字は人の間って書くよね。人と人との距離間。良い距離間が保たれてる時は人間関係も良くなるし、距離間が悪くなると人間関係も悪くなる。セックスっていうのは人と人との距離間がなくなる時で自分以外の存在を否応なしに痛感させられる行為だからセックスの時が一番その人の本質が表れると思うの。感度が鈍るからコンドームを着けないのなら、その男は自分の欲望の為なら他人がどうなってもいいっていう思いやりのない人だから、そんな男と付き合ってる女も男を見る目がないとママは思うの。でも、こういうカップルは多い。それで、次の話が一番肝心要なんだけど、避妊の方法もＳＴＤ予防の正しい知識も知っている人が避妊に失敗したりＳＴＤに感染したりするのはどうしてか？　答えはそれらを実践できないからなんだけど、どうして実行できないのか、性教育で一番難しいのはそこの問題なんだけど本当は性教育の問題ではなくて人間関係の問題、もう少し詳しく言えばコミュニケーションスキル《意思伝達の技術》の問題だってことが分かってきた。避妊の知識がない人は論外として避妊に協力してくれなかったって嘆く人達は自分の伝えたい重要なことが相手に伝わらなくて失敗してる。夫や恋人っていうのは自分にとって一番大切な存在の一人である筈なのに一番大切な人と一番大切な話ができない。夫婦間や恋人同士で避妊やらＳＴＤ予防の話ができない。相手の男が無関心で結局何も対策を講じないままセックスをする羽目になる。ママは最近中絶手術をした後なんかに思うんだけど、愛とセックスは違う、愛し合ってるからセックスするっていうのはどうも違うんじゃないかと思うわけ。三十代四十代五十代の女性が主人との性生活が辛いって相談に来た時にママは浮気もせずに求めてくるってことは愛されてる証拠なのだから苦痛に思うんじゃなく愛のコミュニケーションだと思って受けとめてあげなさいってアドバイスしてきたけど、どうも違うってことが分かってきたの。男は俺のこと好きならあれさせろこれさせろって言ってくる。さもそれが愛の証だと言わんばかりに俺のこと好きなら中に出させろ、俺のこと好きなら精液飲めって言ってくる。拒否すると僕のこと嫌いになったの？　って甘えて見せて、それで愛に応えた女が望まない妊娠をして産婦人科に行く羽目になる。

膣口の回りが傷だらけになってる人がいる。酷いのになると中まで引っ掻き傷で血が滲んでる。ママがどうしたのか訊くとほとんどの人が相手の男に指や異物を入れられたって答える。そんなことされてあなた痛くないの？　嬉しいの？　って訊ねるとみんな彼《カレ》が喜ぶからって答える。ママは言うわけ、男は女の体のことなんて分からないし考えてないから勝手にイメージを膨らませてこうすればイクとかこうすれば喜ぶって思い込んでるから我慢してイクふりしてるとず――っとこういう関係が続くんだよ、嫌なら嫌ってやめて欲しいのならやめてって自分の口で言わないとずーっとこのままだよ。妊娠するかビクビクしながらセックスしてて心が満たされるの？　これからも精液かけられ続けるの？　それでもセックスしたいの？　って。勇気持とうよって。初めはみんなセックスのやり方なんて知らないからポルノ雑誌とかアダルトビデオを見てこれがセックスなんだって学習しちゃう。特に経験の少ない若い男は間違いなく勘違いしてる。経験を重ねるとこんなことしても女は喜ばないんだって分かってくる。膣にキュウリやナスを突っこんで喜んでいるのは自分だけでやられて喜んでる彼女《カノジョ》の方は演じてるだけなんだなって段々分かってくる。アダルトビデオの擦り込みは危険で女性でも教科書的に洗脳されてる人もいる。ビデオでやっている事をやりたがる男は多いし、それをやらせちゃう女も多い。ママも結構たくさんアダルトビデオ見てるけど、ママみたいに経験豊富で、しかも医学的知識のある人から見たらどれもこれも演技が下手でちっとも興奮してこないし、実録物とかいうレイプシーンや盗撮ビデオみたいなどう考えても悪影響しかないものまであるし、笑っちゃうことにポルノ女優が快楽の絶頂に達して失神しちゃうものまである。不感症で相談に来た女性が、ビデオで見たんですけど女はイクと失神するんですかって質問してきたことがある。だからママは激しい手足の痙攣の果てに失神してイクっていう症状を医学的に説明してあげたわけ。分娩には和痛分娩と言って陣痛の痛みを腹式呼吸によって和らげる方法があるんだけど、出産前に訓練してても出産本番になると腹式呼吸どころじゃなくなって激痛を我慢するので精一杯になっちゃう人もいるのね。それでも陣痛の最中に腹式呼吸をやろうとハーハーハーハーハーって半分パニック状態で不規則な呼吸をしてると突然手足が痙攣起こして白目をむいて失神状態になるケースがある。それでこういう症状を間代性痙攣とか過呼吸症候群って言うんだけど、これを起こす人は重い神経症の人やヒステリー性の強い女性が多いって言われてるの。原因は過剰な呼吸によって炭酸ガスが不足する為に動脈血中から二酸化炭素の排泄が多くなり過ぎて高度の呼吸性アルカロージスを起こすからと言っても絵美には分かんないと思うから話を進めると、症状としては動悸が激しくなる。

手足が痙攣する。目まいがする。でもチアノーゼはない。チアノーゼっていうのは血液中の酸素が減少して二酸化炭素が増加すると皮膚や粘膜が青白くみえるんだけどそのことね。しかも、過呼吸症候群の特徴は心因性の要因が強くて人前でないとほとんど全くと言っていい程起きないの。そういう神経症やヒステリー性の強い女性が起こす症状があるんだけど、これがポルノ女優が失神する正体だと思うよ。過呼吸症候群による失神と女性のオルガスムスは全く関係がない。女性がオルガスムスでいちいち失神してたら人類は生き延びてこれなかったんじゃないの。アメリカのハードポルノ見ると明らかに故意に過呼吸症候群を起こしてさもセックスの快楽の果てに失神したかのように見せかけてるやつもあるんだよ。そんなの見て失神しないから不感症だなんて思い込んだら大間違いで私もセックスで失神したことなんて一度もないですよって言ったら納得して帰っていった。不感症の相談に来る女性はたまーにいるんだけどそれよりも問題なのは、ビデオを見て俺のムスコで失神するくらい女をヒイヒイ言わせて楽しませてやるぜ、なんて勘違いしてる男がいたら女にとっては大迷惑なだけなんだけど、ところがアダルトビデオの影響を受けた大迷惑な男が多いこと多いこと。創り物と現実の区別がつかない。仮面ライダーやウルトラマンを見て本当に変身してると信じ込んでる子供と頭の程度が同じなわけ。分かんないの。

ビデオの中の女が顔に射精されて喜んでると男は女とはそういうものだって勘違いして同じことをやりたがる。コンドーム着けずに中で射精するビデオを見て同じことをやりたがる。しかも厄介な事に性犯罪を抑止するからアダルトビデオは有害どころか公益になるなんて言ってるポルノ女優までいる。でも、一番多い離婚の原因は性の不一致だし、夫や彼氏とのセックスが辛いっていう相談も相変わらず多い。理想というか常識的に考えればセックスっていうのはお互いが求め合ってお互いの合意の下で行われるべきで、一方が嫌がってるのに片方の一方的なセックスは本当は強姦なのだから処罰されるべきなのに何故か恋人同士とか夫婦間のセックスになると強姦である筈の行為がセックスとして成立してしまう。やりたくないセックスをやらされている女性は多い。妻や恋人へのセックスが犯罪にならないのなら確かにアダルトビデオが性犯罪抑止に役立っているのかもしれない。でも、潜在的にはアダルトビデオの影響で辛い思いをしてる女性の方が圧倒的に多い。それは医療現場にいれば目に見えて確かなことだもの。夫や彼氏からセックスを強要されたらするのが当たり前で、会社のセクハラ問題みたいにパブリックな社会問題になったらおそらくほとんどの男がお縄を頂戴することになっちゃう。女だったら誰でも一回くらいは気の乗らないセックスをしてるからね。結婚してるからとか好きだから何をやっても許されるっていうのは本当はおかしい。でも、本当はおかしいことがルーティーンとして日常に溶け込んでることが怖いの。強姦されてると思わずに義務だからセックスしてるっていうのはおかしいと思うの。

日本人は情けないくらいに異性に対する性意識が乏しいとママは思う。ママはアメリカやヨーロッパにいたから、もちろん外国人のボーイフレンドがいたし、初めてセックスしたのも十五歳で早熟だった。日本は中学生や高校生にセックスしてはいけませんみたいなわけの分からない教育をするから大人になっても性意識が低いままになっちゃう。アダルトビデオで自習させるくらいなら教育の場でセックスについてディベートさせて男と女の性意識の違いやそれぞれのセックス観の違いについて考えさせた方がよっぽど為になる。妊娠が発覚した女性が、お腹の中の赤ちゃんの血液型を訊いてくることがある。妊娠したのはいいけど複数の男とセックスしてて誰の子供か分からない。結婚を考えてる人の子供ならこのままできちゃった結婚をしたいということらしい。妊娠を望まないのなら絶対に正しい避妊をする。とにかくママの言いたいことはこれだけ。避妊だけはして欲しい。

日本の性教育の悪い所は、セックスをタブー視する所と科学的にではなく、道徳的に教える所。世界にはドイツやオランダみたいに売春が合法な国もある。だから役に立たない机上の空論を説く前に科学的な性知識を教えないと本当に大変なことになる。セックスを規制してもする子はするし誰でもいずれする時が来る。その時に望まない妊娠をしない為にも正しい避妊を実践できる力を身に付けさせる必要がある。産婦人科の医者にとって人工中絶ほど憂鬱な仕事はない。今日は四十代と二十代の二人だった。四十代の方は夫との子供で今さら産むわけにはいかないから、二十代の方は、彼氏に堕ろせ、結婚する気はない、産むならお前が一人で育てろって言われて中絶することになった人。産婦人科の医者にとって、それから何よりも女にとって安易なセックスで身籠もってそれを何事もなかったかのように殺させられることほど屈辱的なことはないと思うの。だからこそセックスをする前にセックスや愛についてじっくりと考えてみて欲しい。本当に相手の男性とセックスしたいのかを。愛がなくてもセックスはできるし、セックスがなくても愛し愛される関係は成就するのだから愛をセックスで確かめるなんて考えは浅はかなことだし、セックスしても分からないからね。誰かの文学作品みたいに男女の仲をセックスで説くのは簡単だけど、ママの経験上、女と男の方程式は愛で解けるほど単純ではないし、愛だけでセックスを語ると悲劇が待っている可能性がある事も産婦人科の医者として知っておいて欲しい。それでも、愛に満ちたセックスをして欲しい。それは素晴らしいものだから。なかなか難しいことではあるけどね。とにかくセックスする時は避妊すること。分かったね。絵美」

「はーい」

ママが熱弁をふるっていた時、パパは黙って昨晩の残りの鯖の味噌煮を美味しそうに食べていた。

ママは熱弁をふるいながら絶妙のタイミングでパパにお酌していた。あたしはパパとママはお互いに愛し愛される関係なんだと少し素敵だなと思った。それくらいパパとママの意思はつながっているように見えた。夫婦に必要なのは言葉ではなく心のキャッチボールというか、大切なのは会話《コミュニケーション》ではなく以心伝心で分かり合うことだというお手本のようだった。だから夜中にセックスしてるか気配を窺ってみたけれど、どうやらしていないみたいだった。たまに思い出して抜きうちでチェックしてみたけれど一度もセックスしていなかった。その度《たび》にあたしはガッカリしたし、それよりもなんだか悲しかった。パパとママは本当は愛し合ってないいんじゃないかと思った。あたしは自分の存在が少し分からなくなった。あたしはパパとママの愛の結晶ではなく、ただ単に交尾した結果できた子供なのか、或いは不妊治療で誕生した試験管ベイビーなのかもしれないなどと思ったりもした。

そういうわけでセックスに夢を抱かなくなっていた。

中学の定期テストは上位三十人の名前が張り出された。当然、あたしの名前もあった。いつも一桁の順位だった。たったそれだけのことで人望が厚かった。そんなタイプではないのに学級委員長に推薦されたりもした。小学生の時は六人の友達グループで、特に真理子ちゃんと仲良しだったあたしは、中学生になってグループに属するのが嫌になった。だから誰とでもそれなりに友達付き合いをした。おかげで用もないのにトイレに行くこともなかった。誰かが宿題を忘れればノートを写させてあげた。あたしの答えはほとんど間違っていなかったので宿題のあった科目のノートは朝から誰かの手に渡っていた。それくらいあたしのノートは頼りにされていてあたしは一度も宿題を忘れなかった。

「山田さんは頭もいいし、大人っぽいし、将来はやっぱり弁護士か通訳あたりを目指してるの？」

と話し掛けてきた佐藤綾子が何かと擦り寄って来て鬱陶しかったけど嫌な顔一つせず楽しげに対応した。

綾子は東大信者の自信過剰な女だった。東大卒で弁護士の父と東大卒で通訳の母と全国有数の東大進学率を誇る私立高校に通っている東大志望の兄という家族構成で、綾子自身東大合格を人生最大の目標にしているようだった。

定期テストの時、綾子の名前もたまに張り出されていた。綾子の家はテストの出来次第で何か買ってくれるらしかった。テストの点が悪いと自分より成績の悪い子に意地悪をしてストレスを発散させていた。綾子は名誉や権力に弱く、自分より弱そうな人には強い性格らしく、あたしみたいにノートを貸してあげたり自分よりテストの順位がいい子にはおべっかを使って擦り寄って来て、やたらと特権的な話を好んだ。それはお決まりの家族自慢から始まって、外国のどこそこに行ったことがあるだのキャビアやフカヒレを食べたことがあるだの日本では手に入らないブランド品を持ってるだのと馬鹿馬鹿しくて欠伸《あくび》が出そうになることばかりだけど、綾子にとってはそれらのことが自分は一般家庭のサラリーマンの娘とは違うランクの高い人間なのよという自己顕示らしかった。しかも迷惑なことに、あたしみたいに医者の娘や、官僚や大学教授の娘という肩書きの子に自分勝手な仲間意識を持っていた。綾子が思い込んでいるところの所謂《いわゆる》普通のサラリーマン家庭の娘がいる前で、わざわざ「両親ともお医者さんやってる山田さん程ではないけど、わたしは弁護士と通訳の娘だからやっぱり将来にプレッシャーを感じるわね。親がそれなりの仕事してるとね。ねっ、そうでしょ、山田さん」などと話し掛けてきて、その度にいじめてやろうかと思った。あたしの人望を以てすれば佐藤綾子の取り巻きも含めてクラス全員で佐藤綾子を無視《シカト》するように仕向けることくらいは可能なことなのだ。でも、あたしは頭がいいからそんなことはしなかった。

「山田さんは頭がいいから医者になれるんじゃない？」

と話し掛けてきた時も、

「医者なんか最悪だよ。来る人来る人みんな病人や悩み事抱えてるし、患者への気配りで精根尽き果てちゃうし、それに一つのミスが人を殺し兼ねない重い仕事だし、そのくせ思った以上に儲からないし、それに仕事仕事で自由になる時間もないし、医者はちょっと勘弁かな」

こんな風に冗談めかして答えれば誰も嫌な思いをせず、しかもあたしは好かれる一方なのだ。

それに対して綾子は一部の人達から嫌われていた。綾子を嫌っているグループの人達もあたしを友達だと思っていてあたしと綾子が楽しそうにしているのが口惜しいみたいだった。クラスはあたしを巡って争っていたけどあたしがいるおかげでクラス全体が仲良しに見えた。でも、クラスが纏《まと》まっていようがいまいがどっちでも良かった。そんなことあたしには関係のない話だった。

中学校は管理教育が厳しかった。嘘ではなく授業中に先生がこの問題はテストに出すかもしれないから完璧に覚えておくように、と言うと一遍に教室の雰囲気が変わった。みんな調教された警察犬のように従順だった。一点でも多く取ろうと必死に勉強していた。授業はいかれた宗教団体の様だった。その中にあたしもいた。退屈だった。でも退屈だと感じる自分は正しいと思った。学校の授業が楽しく感じるなんてどこかがおかしい証拠だ。家に帰ったらすぐに復習と予習と市販の問題集をやる。あたしの場合これだけだった。これがあたしの日常生活だった。だから毎日が暇だった。暇な時間は本を読んだ。テレビを見た。ちょっとしたエクササイズの真似事をした。ママの化粧品をいじった。こういう小学生の頃から変わらない日常生活に飽き飽きしていた。何かやりたかった。ピアノとかダンスとかボイストレーニングとか書道とかスイミングスクールとかそういうありきたりの習い事ではない何かを。アルバイトをするにも中学生のあたしには無理だし、ペットを飼うにも世話が面倒臭いし、彼氏を作るにも女子校のあたしには出会いがないし、何をするか決め兼ねたまま変わらない日々を過ごした。クラブ活動に燃えてみようかと考えたけど重荷になるのが面倒なので止《よ》した。それに、朝練の為に早起きしたり夕方暗くなるまで熱中できそうなものが見つからなかったし、あたしのやりたいことは学校にはなさそうだった。

或る日、玄関ドアの郵便受けに日本共産党のチラシやアダルトビデオの宅配販売のチラシと一緒に老人ホームのボランティア募集のチラシが入っていた。アダルトビデオのチラシはいつも通りすぐに捨てた。日本共産党のチラシは目を通してから捨てた。ボランティア募集のチラシはママにやってみようか相談する為にとっておいた。チラシを見せたら、ママは絵美の好きにすればいいじゃない、と賛成も反対も怒りも喜びもしなかった。パパはどう思う？　と無駄を承知で訊いてみた。思った通り無駄だった。パパの意見は、社会勉強にはなるな、というつまらないものだった。

あたしの両親はあたしの人生に何一つ注文をつけない人達だったし、これからも変わらないと思う。あたしは箱入り娘でもおかしくない筈なのにあたしには門限がない。

次の日曜日、あたしは老人ホームのボランティアに行ってみることにした。ボランティアなので当然無償だ。でも、すごく楽しみだった。いつもと違う休日が。

日曜日のボランティアは未経験の中学生と高校生の体験学習みたいなものだった。参加者は二十人くらいで、高校生の参加者は男が多くて、中学生の参加者には一人も男がいなかった。男がいるとは思ってもみなかったので驚いた。でも、もっと驚いたことに綾子が参加していた。男がいるとは思ってもみなかった以上に綾子がいるなんて考えもつかないことだったので綾子を見た時は？？？と頭が混乱した。会ってはいけない場所で会ってはいけない人と鉢合わせになって気不味《きまず》い思いをするような、いる筈のない人がいた時に出る変な汗が滲み出るような、とにかく嫌な予感がした。男が介護ボランティアに参加しているという事実に驚いたのは、あたしの頭の中になんとなく介護は女の仕事である気がするという固定観念のさせたことであって、男が介護ボランティアをするということは十分理解できることだ。介護福祉を仕事にする男がいてもおかしくないし、むしろ女だけが介護福祉をする方がおかしいのだから。でも、綾子に介護ボランティアなんてバランスが悪過ぎる。何かがズレ過ぎていて滑稽ですらある。介護ボランティアをする綾子なんて支持率五〇パーセント以上の内閣総理大臣だ。そんな馬鹿な話はない。東大卒の弁護士か通訳になるらしい優等生《ユウトウセイ》の綾子が労働条件の悪い介護福祉を仕事にするわけないし、海外旅行やグルメやファッションを楽しんで満ち足りてる綾子が精神的な充足感を求めている筈もないし、もちろん彼女に社会奉仕の精神なんてあるわけないし、それに彼女は塾やお稽古事で忙しい筈だ。何かおかしい。嫌な予感がした。彼女は何か企んでいる。

介護ボランティアは最悪だった。

あたしは途中から後悔していた。寝たきりのおじいを起こすのは腰が痛くなるし、話し掛けても無視するおばあもいるし、ご飯食べてくれないし、箸で口までご飯を運んで食べさせてあげてるのに口を開けてくれないし、本当に困って心の中で毒づいてストレスを発散させるのに精一杯だった。自分よりも六十年も七十年も長生きしている人に、

「お口開けてえ、はい、あーん」

とか言うのは予想以上に辛いことだった。灰色の顔をした寝たきりのおじいは死んだ魚のような目をしていた。恐る恐る目線を合わせようとおじいの目をのぞきこんだけど、おじいの目には焦点がなく、あたしを透過していった。寝たいとか放っとけとかテレビを見たいとか話したいとか何か意思表示があればあたしも動きようがあるのだけど、何もなくて困った。六十歳近いベテランの介護婦さんは、ロボットを操縦するかのようにてきぱきと介護をしていた。開けゴマじゃないけれど、一方的に話し掛けながら食事をさせていた。でもこれはコミュニケーションではないと思った。これがコミュニケーションなら踏めば

開く自動ドアだってコミュニケーションだ。

ボランティアをしていて、基本的にこういう施設に入って寝たきりになっている人達は家族に見捨てられた人達なんだと思った。そう思ったからこそ少しだけでもおじいやおばあの心に触れてみたかった。でもダメだった。コミュニケーションの意志が何も感じられなかった。パパが話してくれた精神病患者と同じだと思った。こうなってしまったら人間は死ぬのを待つだけなんだな、と思った。

自分の最期が精神病棟や劣悪な環境の老人施設や拘置所だったら、これまで生きてきた意味を見出せるのだろうか、という無意味な疑問に襲われる羽目になった。これではいつもの休日と同じだ。

誰でもそうだとは思うけど、人間は考える葦であるから、読書をしたりテレビを見たりすると何かを感じ考えると思う。あたしの場合、その衝動が激しくて必ず何かを考えてしまうのだ。

人間の存在理由を考えたり、自分の存在理由を考えたり、自分が女に生まれてきた意義を考えたり、社会的な大事件について考えたり、英語や数学の問題を考えたり、国について考えたり、次にピッチャーが投げる球種について考えたり、とりあえずやることがないあたしは頭の中で色々な自分がああでもないこうでもないと考えることが日常の習慣になりつつあった。あたしが「ただいま」と言って家に入ると、あたしが「おかえりなさい、今日のおやつは夕張メロンゼリーだよ」と言ってあたしを迎えるのだ。クイズ番組を見てても、あたしが「答えはAだよ」と思い、あたしが「違うよ、Bだよ」と反論し、あたしが「Cに決まってるじゃん」と思うのだ。これではまるで雑念恐怖症の一歩手前ではないか。だからこそ考える暇もないほど熱中できる何かをやってみたいと思ったのだ。

介護ボランティアは完全な失敗だった。

それはあたしを憂鬱にさせただけだった。

そういうわけで介護ボランティアは一回で辞めた。そして普段通りの退屈な日常生活を送った。学校へ行き、家で読書をする。これがあたしの日常生活だった。多い時は一カ月に四十冊以上読んだ。日本の現代作家の小説やエッセーはもちろんのこと、夏目漱石や島崎藤村なども読んだし、外国の小説も、それからジャーナリストやルポライターが書いたノンフィクションや哲学者や科学者の伝記も読んだ。それからもちろんマンガも読んだ。

日曜日も一人で図書館に行くことが多くなった。読書は一人ですることだからあたしは一人でいることが辛くなかった。大袈裟に言えば、読書によって自立精神が芽生えたし、本があたしの家庭教師であり友達でもあった。放課になると群れてトイレに行くような連中を見ると無性に苛立った時期があって、それが自立精神の芽生え始めた証拠だと思う。でも、だからと言って放課の時はいつも一人で読書をしていたわけではなく、友達に数学の解き方を教えたり、他愛のないおしゃべりをすることもあった。友達といる時はそれはそれで良かった。日曜日だっていつも読書をしていたわけではなく誘われればライブコンサートに行くこともあった。自分から友達を誘うことはなかった。基本的に友達の日曜日は塾やお稽古事の日だったので。

初めて行ったライブコンサートはいかれた宗教団体のようだった。信者である数万何千もの聴衆《ファン》が教祖であるアーティストに呪術をかけられていた。信者はその時だけ別の人間に覚醒したかのように頭を振り、教祖が求めれば声を張り上げていた。あたかもライブ会場は教祖様の下《もと》に信者が一堂に集まり、会場全体に一体感のようなものが生まれ出たかのようだったけど、本当は逆なんだと思った。会場全体が一つの小宇宙になったのではなく、みんな自分の世界に浸っているだけなのだ。その舞台装置としてライブを利用しているに過ぎないのだ。

友達もみんなライブ初体験で、音が凄いとか歌はＣＤの方が上手いとか言い合ったり、熱狂的なファンに圧倒されていたけど、そのうち雰囲気に飲み込まれていった。それはつまり何も考えていない状態になることだ。何も考えず音に合わせてグニャグニャと頭と腰を振り続けるだけだ。

あたしはというと、例によって色んなことを考えてしまっていた。しかし、ライブに行ったおかげで雑念恐怖症になるのではないかというちょっとした不安から解放されることになって良かった。ライブ会場で、あたしより自分に満足してなさそうな人達がたくさんいることを知ったので。ライブに来て大声を張り上げている人達はたぶん誰かに救済して欲しいのだろう。あたしにはそう聞こえた。

自分を救えるのは自分しかいないのに。ライブが最高潮に達した時、あたしはそう思ったのだった。

ジャーナリスティックな事件もマンネリ気味で、相変わらず自殺や汚職や虐待や国民の政治不信がテレビに流れ、あたしの生活と言えばドラマティックなことは何一つなく、ちょっとした出来事と言えば、勢力拡大に成功した綾子が弱い者いじめの主犯格になっていたけど、何故かあたしは中学、高校の六年間ずーっと人気者だったのでいじめに巻き込まれる事はなかった。

綾子の勢力が幅をきかしていた時、あたしは政治家や革命家や経済学者、それから哲学者や精神科医の思想に興味を持ち始めた頃で、ヒトラーやゲバラやマルクス、それからジョルジュ＝バタイユやメスラーに関する本を読んでいた。そういうこともあって、なんとなくいじめを容認してしまっている気分だった。だからヨウコが靴を隠されて困っていても可哀想だと思わなかったのだと思う。親友ではないけど、ちょっとした友達が靴を隠されて困っているのに可哀想とも思わなかったなんて、今から考えればあたしは狂った思想家だったのかもしれない。

大勢で少数の人間をいじめるのと、法律を多数決で決めるのとは政治原理的に考えてどう違うのだろう。国を左右する重大な法律がでたらめな多数決で可決されるのと、いじめられっ子よりいじめっ子の方が人数が多いというういじめの図式は似ている。どちらも当事者でなければ関係ないのだ。いじめも仕方がないのではないか。いじめられっ子は民主主義の負け犬なのだ……と。

恋は突然やって来る。読書の好きな人なら飛び抜けてお気に入りという本が一冊はあると思う。あたしもある。そういう感じで恋が突然やって来たのだ。

パソコンを買ったあたしは適当に色んなホームページを検索して暇つぶしをしていた。出会い系サイトで男をからかって楽しんだ。なんと言ってもバスト八六センチの看護婦に二九六人もの男がアクセスしてきたのだ。この記録はそれまでぶっちぎりだったバスト九〇センチの元レースクィーンにアクセスしてきた一四七人を遥かに凌ぐ件数で、看護婦の偉大さを物語っていた。ちなみに、バスト八一センチの産婦人科の女医で試した時にはアクセスがなかったので女医は思ったより男の下心を擽《くすぐ》らないらしい。

男からの自己PRを読むのは思った以上に楽しかった。ネット恋愛を始めて五年経った今でも男をからかう癖は治っていない。もちろんあたしにこんな悪癖があるなんて龍介は知らない。知らぬが仏ということもあるのだ。

——はじめまして。こんにちは。僕は二十四歳の国家公務員です。出身大学は東大です。と書きたいところですが残念ながら違います。でも自分以外のメンバーは二人とも東大出身です。と言うわけで今度3対3の合コンしませんか。お金は心配しないで下さい。こちらでなんとかします。と言うわけでお返事待ってます。

チャットの成り行き上会う約束をしてしまう羽目になることもある。でもあたしはすっぽかすしかない。あたしは看護婦でもモデルでも退屈な専業主婦でもないのだから。だからすっぽかした。

高校2年になる春休みから夏休みの途中までのおよそ五カ月の間は名古屋の大学生らしい男性と真剣なネット恋愛をした。初恋と言ってもよかった。

彼は大人だった。名古屋は渋谷でも原宿でも新宿でも池袋でもないのだから当たり前だけど、彼は渋谷や原宿や新宿や池袋にいるようなバカっぽい男ではないのだ。たぶん。

その五カ月の間は一度も男と遊ばなかった。もちろんナンパされても立ち止まることはなかった。それがたとえ金づるになりそうな男であっても全く興味が持てなかった。

彼は今まで会ったこともないような真面目な人だった。本当の肉親のような気がすることがあるくらいあたしのことを理解してくれようとしてくれていた。でも、恋が突然やって来たように別れも突然やって来た。

進学希望で、国立の大学を受験するつもりだと教えたら、彼は自分が現役で国立の大学に受かった学生で、高2の夏休みくらいには受験勉強を始めないと合格できないと思うので残念だけどエミリンの為を思えばメール交換しない方がいいと思うので、これでエミリンとはお別れしますと、別れのメールを送ってきたのだ。

正直に言えば、もう少し時間をかけてお互いに確信できる「好き」という気持ちを育んだら逢いたいと思っていました。そして、もし逢うことになったら僕は名古屋でエミリンは東京だから遠距離恋愛になるけど、正式に交際したいと伝えるつもりでした。今まで電話番号を教えなかった、それから訊かなかったのは、電話で気軽に連絡を取れるようになると芽生え始めた「好き」という気持ちが消費されてしまうのではないかと思ったからです。街中でこういうカップルを見かけませんか?

一緒に並んで、時には腕組みをして歩いているのにお互い携帯電話で話しているカップル。片方が携帯電話で楽しそうに話してて、もう片方はつまらなさそうに歩いているカップル。恋人同士になるということは、男にとっては相手の女性は世界で一番大切な女《ヒト》である筈だし、女にとってみれば、恋人が世界で一番大切な男である筈だと思うし、又そうあるべきだと僕は思っています。もし僕に彼女ができたなら、僕は彼女と過ごす時間を大切にしたいと思うし、逆に彼女にも僕と一緒に過ごす時間を大切にして欲しいと思っています。そしてそう思う気持ちが二人の愛を豊かに実らせるのだと思います。だから逆に言えば街中で見かけるカップルの大半は真実の愛というものを僕はまだ知らないけれど、もしあるとするならば、その真実の愛というものを実らせる事ができない人間なのだと思います。愛を実らせる事ができない以前の問題として、スポーツやゲームを楽しむ感覚で素敵な恋愛をしたいなどと考えている人間には元々愛の種が心に根付かないのだと思います。何故なら、人との出会いも流行《はや》りのファッションやヒット曲と同じ一つの情報として消費するものだという感覚になっているのではないかと思うからです。シベリアンハスキーが流行ればシベリアンハスキーをペットにし、ゴールデンレトリバーが流行ればゴールデンレトリバーをペットにし、ミニチュアダックスフントが流行ればミニチュアダックスフントをペットにする。流行らなくなったシベリアンハスキーは安楽死処分され生産もされなくなる。人間の感情もファッションもヒット曲も動物の生命も消費されるモノとしてみんな同じ価値しか持たないような気になってしまっています。でも、当然違います。豚肉にしても豚を殺しているのだし、自分の欲望を満たす為に平気で人の心を踏みにじる人もいます。僕はエミリンの心を大切にしてきたつもりです。だから電話やメールで「好き」などと軽々しく伝えたくはなかったのです。「好き」という感情はとても大切なことだと思うので直接逢った時に自分の口で伝えようと思っていたのです。別れ際にこんなことを伝えるのは卑怯だし思いやりがないことだと分かっています。でも、どうしても自分の思いを伝えたかったのです。最初で最後の、そして最悪のわがままを許して下さい。エミリンにとって高校を卒業してからの人生の選択は初めてと言ってもいいくらいこれからの人生に影響を及ぼすことになると思います。だから受験勉強をする一年と数カ月の間は自分と真剣に向き合って下さい。月並みな言い方ですけど受験は自分との戦いです。だから僕とはお別れです。

「堕落《だらく》した自由人は最低の奴隷である」と肝に命じて高校を卒業してからやる事のない人間にならないように勉強に専念して頑張って下さい。一見自由なフリーターや大学生は実のところ手に入る自由や権利は少なく他人の利益の為に低賃金労働をさせられてるだけなのだからね。そういう人間を奴隷と言います。真面目に頑張った人間が成功するのだと信じて受験勉強頑張って下さい。それと最後にもう一つ。何事もゴールが次のスタートなんだよ。それではエミリン、今までありがとう。さようなら。ハル。

あたしは泣いた。もちろん返信のメールは何度も出した。あたしもハルが好きです。このままでは受験勉強に手がつきません。お願いだから返事を下さい。返事はなかった。ヘルマン＝ヘッセでもあたしの心は癒されなかった。泣くしかなかった。だから静かに泣いた。

別れた日から家に帰ってもハルの言葉はあたしを待ってはいなかった。それが寂しくて泣きながら返信メールを打った。諦めがつかなかった。ハルは初めてあたしを待っていてくれた人だったから。

あたしは呆気なく東大に受かった。文科Ⅰ類だ。綾子も受かった。しかも理Ⅲ（医学部）だった。綾子の中学高校と続けた長年の介護ボランティアを題材にした全国作文コンクールで優秀賞を取っていたのが良かったのかもしれない。面接にも有利だ。

そういうわけであたしは東大生だ。一応真面目に学生生活を送っているつもりだ。村上龍介という彼氏もできた。彼氏だけど好きではないと思う。授業にはほとんど出席している。フェミニストの女教授の授業がバカバカしくて面白い。

「人は何故生殖目的以外のセックスをするのでしょうか。セックスは必然的に支配者と被支配者に分かれます。そして必ず男が支配者になり女が支配されるのです。男がセックスに求めることは生理的な性欲を満足させることと支配欲や征服欲を満足させることです。問題なのは精神的な欲求です。何故ならば生理的な性欲というものは自分一人で解消できますが支配欲や征服欲を満足させる為には自分よりも劣る対象者が必要になるからです。そして自分よりも劣る対象者として男社会が用意した装置の一つが結婚制度です。妻は御主人様に食べさせてもらっている以上は当然夜の勤めをこなさなければならないというわけです。それからもう一つが売春婦の養成です。男の本音としては売春を積極的に取り締まりたくはないのです。売春制度の歴史については今回の講義では話しません。お金を出して性的なサービスを受けるというのは公平なことでしょうか。公平に思えるかもしれませんが実は公平ではありません。自分から望んで性労働者《セックスワーカー》になった女性がいたとしてもお金で売買される性関係は必ず支配者と支配される者に分かれます。もちろんお金を払う方が支配者です。仮に支配されたいマゾヒストの男が床に這いつくばって女にムチで打たれようともその性関係は男が支配者であり女は男に支配されているのです。お金で女を買っているという時点で支配関係が明らかです。ですから生殖目的以外のセックスはいつでも男が支配者になり女は支配されるのです。男がセックスで女に性的快楽を与えたいと望む理由は自分の優位性を証明したいからです。男がセックスの最中に気持ちいいか？　と女に確認するのもその為です。女に性的快楽を与えられないということは男にとっては自己崩壊と言ってもいいくらい男のプライドを傷つけられることなのです。男社会のセックスには女に対する男の優位性を証明したいという男側の欲望のほかに男同士の階級闘争という側面もあります。男社会ではペニスの大きい男が優位性を誇示できるようです。それはペニスが大きい方が女により強く性的快楽を与えられるという幻想があり女により強く性的快楽を与えられる男がより男らしさを誇示できるということを表しています。そしてこういうペニス至上主義のことを一般的にファルス信仰と言います」

あたしは、こういう講義を毎週休まず聞いている。

この五十歳くらいの女教授は処女なのかもしれないとあたしは考えている。ましてや、売春なんぞ論外だ。

女教授がどう考えようとあたしの考え方に影響するわけではない。女にフェミニズムなんて浸透しない。はっきり言えば、フェミニズムなんて時代遅れの徒花《あだばな》だ。

援助交際女子高生だったあたしはこう考えている。

女が参政権を獲得したのは確かにフェミニストのおかげかもしれない。とは言ってもどーせ選挙には行かないからどーでもいいけど。女が男とほぼ平等の権利を行使できるようになったのはフェミニストの業績だと思うし、大正・昭和初期のもんぺ姿で女性解放運動をしている女性デモ隊の写真を見ると御苦労なことだったんだなあとは思う。だけど、女自身を変えたのはフェミニストでない。フェミニストは「浮気が男の甲斐性なら女の浮気も甲斐性だ」とは考えない。

マスコミが女子高生の売春や援助交際を怒濤のように取り上げた時、売春や援助交際をやめさせる為に「自分の体を大切にしよう」などと意味の分からないことを言う輩《やから》が多かった。それならば、どうして男は自分の体を大切にしないのだろうとあたしは釈然としなかった。女の子が体を売ることは自分を大切にしていないことになって、売買春をする男が自分を大切にしていないことにならないことに納得がいかなかった。あたしは買春をやめさせる為に男に対する「自分の体を大切にしよう」というマスコミの報道《メッセージ》を聞いたことがない。こういうことこそが男社会のサブリミナルコントロールだとあたしは言いたい。男だけ都合よく愛のないセックスができ、女は愛のないセックスができないからその代価としてお金を要求できるというのは、女自身も女を知らなかった時代の、男のパラダイムだ。

パラダイムは劇的な変化を遂げる。

武者小路実篤や志賀直哉らの白樺派に影響を与えたロシア文学の重鎮トルストイに影響を与えたのが十八世紀フランスの思想家ジャン＝ジャック＝ルソーだったと思う。確か。

ルソーは「文化の発展は道徳の堕落と比例する」と文明批判したり、『人間不平等起源論』の中で「私有財産による不平等と契約国家による不平等の進行」を著して専制政治批判をしたので出版禁止や逮捕令など政府やカトリックの宗教界から弾圧を受けた悲運の天才なのだけど、そのルソーが『新エロイーズ』という著作でこんなことを書いている。

「結婚前の自由恋愛。結婚後の貞節」

今となっては当たり前の恋愛観、結婚観だと思う。

しかし、十八世紀当時のフランスでは公序良俗に反する著作物とされてしまった。

何故か？　当時の恋愛観、結婚観の常識は、「婚前の純潔」が当たり前だったからである。

同じ様に、未来人の売春に対する考え方も現代人には考えられないくらいリベラルになっているとあたしは思う。

将来的には、女性の性愛一致の幻想を破壊し、女の性と愛を分離させる魁《さきがけ》だったということで、あたしみたいな援助交際女子高生が日本の女性解放運動の系譜の中に意義のある存在として評価されているかもしれないではないか。

その程度にしか時代のパラダイムは正義では有り得ない。

フェミニストが男社会の良妻賢母を駆逐してきたように、時代を揺さぶる何者かはいつの時代も悪者にされる。そうであれば、変革は悪女が成し遂げ悪女が時代の華となるのだ。フェミニストがもはや悪ではいられなくなった時代には、新しい花が社会を賑わすのはなくてはならないことなのだとあたしは思う。つまり、あたしは時代の要請により誕生したのだ。そして、あたしが悪ではいられなくなる頃には、想像もつかない花が世間を震撼させることだろう。

第三章　チェリーボーイのあまりに現実離れした空想的欲望

「チェリーボーイ」

僕はバイト先でこう呼ばれている。

このあだ名は僕が未経験だから付けられたあだ名だ。未経験。そう、つまり僕は童貞なのだ。

僕は結構このあだ名が好きだ。少なくとも、「田中」とか「春夫」とか「ハカセくん」と呼ばれるよりは断然いいと思っている。

何かしらそのチェリーという楽しげでライトな響きは、名前が田中春夫で小さい頃からハカセくんと呼ばれてきた僕にとってみればハカセという生真面目で嫌味な響きよりも心地の良いものに感じられるからだ。

メガネにたとえると、チェリーはブランド品のサングラスで、対してハカセはグリグリの黒縁メガネのイメージだ。もっとも僕は女じゃないからブランド品というよりは骨董品に近いだろう。

「チェリー、お前、連れの間ではなんて呼ばれとんだ」

テリーが風呂掃除を終えて風呂から出てくると唐突に訊いてきた。

仕事の相方になることの多いテリーは、東京の私立M大と京都の私立R大と地元名古屋の私立N大に落ち、地元の私立A大に入ったけど今は中退してバイトをしながらバンド活動をしている髪の毛を金色に染めた二十五歳の男だ。テリーというのは、ギタリストとしての自分の名前で大好きな『キン肉マン』に出てくるテリーマンから取ったそうだ。テリーマンを真似して金髪にしたのはいいけれど、残念ながら似合ってない。それどころか、アメリカ人を真似たが故に、逆にアジア人的なのっぺりとした印象を浮き立たせてしまっているのだ。その格好悪さにテリーは気が付いていない。

一度、ライブの写真を見せてもらったけど、目にはブルーのカラーコンタクトを入れ、二の腕には星条旗のボディーペインティングをした出で立《た》ちは、正直なところ馬鹿じゃないの、と思ったけど、「めちゃくちゃ格好いいじゃないですか、ホント格好ええですよ」

と無難に誉めといた。でもそれは藪蛇だった。

テリーはその時の様子を自信満々にしゃべり続け、僕は忍耐力に自信を深める羽目になった。

テリーは自分のことを訊いてもいないのになんでも話すし、僕には無神経なくらいなんでも訊いてくる。

僕にチェリーボーイと名付けたのもテリーだ。

「おい、普段なんて呼ばれとんだ、チェリー」

「あっ、僕ですか？　主な連れからはハカセと呼ばれてますけど」

「ほーん。なんでハカセなんだ？」

「いや、僕も詳しい経緯は知らないですけど、小さい頃からハカセって呼ばれてました」

「ほーん。ハカセか。童貞のくせに偉そうだがや。やっぱお前はチェリーの方が合っとる。チェリーだ。連れにもそう呼んでもらえ。なッ！」

いつもテリーは強引だ。僕は返答に困った。するとテリーはすっごく嬉しそうに、

「あっ！　悪かった。お前の連れみんな童貞だったたか。それじゃあチェリーって呼べんもんなあ。わりい、わりい」

と言った。

そうなのだ。僕の友達のほとんどが童貞クンなのだ。

僕の通っている国立N大学には、弁護士や検察官や国家公務員、気象予報士、一級建築士、医者などを目指して日々努力している人が多い。だから、童貞でも仕方がないのだ。

僕は将来弁護士になるつもりだ。

社会の秩序を正し、社会正義を守る仕事は、奇抜な格好をして吼えたり楽器を打ち鳴らしたりするよりも魅力的だし、アイデンティティが確立しているという点で個性的な仕事だと思っている。

人間は、沐猴《もっこう》にして冠すではいけないのだ。バンド活動に挫折した時、テリーは金髪のまま会社の面接に行けるのだろうか。

こういう二人だから、僕とテリーは話が合わない。

「チェリー、お前彼女おらんのか」

「いません」

「合コンとかないんか」

「行ったことないです」

「お前それでも学生か。俺が学生やった頃なんか合コンやりまくりやったぞ。おい、なんなら俺がセッティングしてやってもええぞ。俺は顔が広いでよ。チェリー、人学どこだ?」

「N大ですけど」

テリーはびっくりして僕の顔を天然記念物でも見るような目でマジマジと見ながら、いつものようにしゃべり出した。それによると、N大の女はブスが多い。一回だけN大の女とセックスしたことがあるけどあまりにも下手クソだったので二度とN大の女とはセックスしたくないし疲れるだけなのでしない方が良い。高学歴の女はエロいくせにセックスが下手だ。お尻の小さい女はエロい。テリーの実体験によると、腰をバンバン振っていたエステティシャンも尻の穴まで舐めてくれた英会話講師もナンパしてラブホテルに直行した予備校生もみんな小さい尻しとった、ということだった。それと、テリーは「ブスの女とはやりたくねえけど看護婦だったらブスでもヤりたい」と言っていた。理由を訊いたら、ニヤリとしながら「看護婦とヤれば分かる」と言ったきり正確な返答をしてくれなかった。

僕は、自分は人の話を最後まで聞くという当たり前の常識《マナー》が備わった人間だと思っている。国会議員のように下品で非常識な人間にはなるまいと思っている。でも、母校N大の女の子を馬鹿にされて流石の僕も頭にきたのでテリーの話をやめさせようとしたけれど押しの強いテリーはしゃべり続け、結局最後まで聞く羽目になってしまったのだった。

一緒に司法試験の勉強をしているN大の女の子たちは、確かに髪を染めるのでもなくブランド品を身に付けるのでもなく特別凝った化粧をしているわけでもない。でもだからと言って、テリーにN大の女はブスが多いと言われる筋合いはないし、際立ってひどいブスをN大の構内で見たこともない。高学歴の女の子にブスが多いというデマは男の偏見だ。

確かにN大の女の子たちはヨーロッパのスーパーモデルのようにはいかないけれど、グラビアアイドルとかタレントとかいう職業の女の子よりもかわいい女の子はいる。でも、テレビに出てくる髪や肌の色が日本人離れした妖怪人間が日焼けしたような現代的でカワイイ女の子は一人もいないので、そういう意味ではブスが多いと言うよりも全員ブスだけど、僕は現代的でないブスの女の子が好きなのでブスで聡明なN大の女の子に満足している。それをN大とはなんの関係もない金髪で軽薄なテリーのような男に貶されたくはないのだ。

もっとも、美意識は普遍ではないので僕の美意識は古いのかもしれない。

テリーの好きなガングロギャルは御免被りたい。僕は不自然でない肌の色をした女性が美しいと思う。髪の毛も然り。この考え方は日本の、特に若者の間ではステレオタイプかもしれないけれど、古い考え方イコール悪いことではないのだから考え方を改めるつもりはない。

確かにテリーはイケててカッコよくてだから女にモテるのかもしれないけど、僕に言わせれば美的ではないのだ。美的ではないとはおさまりが悪いということだ。黒真珠のような黒人モデルでも瑪瑙《めのう》のような白人モデルでもどんなに美しい外国人女性が着物を着たとしても、日本女性の気付けの美しさには適わないというように、金髪も黒い肌も日本人を美しく見せはしないのだということにテリーは気付いていない。それはつまりアイデンティティが確立されていないということで、その意味合いにおいてテリーは決して個性的ではないのだ。

自分は他人とは違う個性的な人間だと個性を勘違いして金髪にしたり肌を焼いたりするのはその人の勝手だけど、そういう勘違いした人間がN大の女の子たちのような不自然でない美しさを持った人間を貶すのは道理が違うと僕は思う。

客観的に自分が何者であるのか分かっていない人間を身の程知らずと言う。

ある時、身の程知らずのテリーが、

「チェリー、お前に女の子紹介したろっか」

と言ってきた。でも僕は突慳貪《つっけんどん》に断った。

「別にいいっスよ。テリーの使い古しの女の子なんか。それにかわいくないですもん。テリーのタイプと僕のタイプは違いますもん」

「何人聞きの悪いこと言っとんだ。俺こう見えても世話好きだし、人望厚いし、女を見る目だって自信あるぞ。どうでもいいブスとかは連れに回したりするけど紹介とかでブスを紹介したら自分の信用なくすがや。ほんだでそこらへんはしっかりしとるぞ」

そう言ってテリーは携帯電話に登録してある女の子の名前を次々に見せながらおっぱいがでかいとか清純派とかセックス慣れしててお前の初めての相手に丁度いいとか女の子の特徴を説明してくれた。

でも、僕は断った。実は内心紹介してもらおうかなと少し思ったのだけれど、やっぱり彼女くらい自分で見つけようと思うし、好きでもない女の子と付き合えるほど僕は恋愛の達人ではないどころか全くの素人だ。

ガールフレンドくらい自分で見つけたいのだけど、しかしそれにはトークが必要だとテリーは言っていた。いつもいつも彼はトークだ、トーク！　と力説していた。

けれど僕はこのトークというヤツには全く自信がないのだ。僕は結構思慮深い奴だし、一般的に、そして特に初対面では嫌がられる会話が途切れた時の気まずい沈黙だって好きな方だ。話し相手の微妙な焦りを見ると逆に僕には余裕が生まれて話し易くなったりするからだ。それに僕は相手の話したことをよく嚙み砕いてから言葉を返すのでどうしても会話のテンポが遅くなり会話が弾まないのだ。だから僕には今時のリズム感のあるトークはできない。「でさあ」「マジで?」「そうじゃん」「みたいな感じ?」「ってゆーかー」「それってちょーヤバくなーい?」という語彙とリズム感は僕の辞書にはない。そういう会話は聞いているだけで忙《せわ》しなく頭が処理しきれない。

テリーは女の子と同じリズム感を持っていて、そのリズム感で僕に話し掛けるけど返答するのにどうしてもワンテンポ遅れてしまう。

テリーは僕のトークに可能性がないと判断したのか、

「お前はそのボケーっとした間を利用してボケキャラになれ。天然ボケでなんとかしろ。話が退屈だと女に飽きられるぞ」

と言うけれど、僕の会話の間《ま》は天然ボケではなくて話をきちんと聞いている証拠なのだ。それに、テリーみたいにボケどころでネタを振ってくれる人がいて、さらにボケた後でちゃんとツッコミを入れる人がいないとおもしろい漫才トークは成立しないのではないか。

ただ単に一人でボケてたらそれこそ大ボケで白けるのが関の山だ。そのことを一般的にオヤジギャグと言うのだろう。

それにしても、本当にテリーはよくしゃべる人だった。テリーと組んだ初めての日は最初から最後までしゃべり通しで僕は生まれて初めてしゃべり疲れるということを経験したのだった。

テリーは言った。

「見てみい、このちらかった部屋。ラブホってとこはモロ人間性が出るからな。俺はこういう物を片づけん女とは絶対結婚せんよ。どんなにいい女でもな」

確かにちらかしっぱなしにしていく客が多い。ひどいのになるとお湯出しっぱなしで帰る客がいる。

僕は渋り注を感じる。

全く、金さえ払えばそれでいいんか。こんなんがセックスしてガキ生むんやでえ。そんなんが躾《しつけ》できるんかいな。たわけが。ごみはごみ箱へ。風呂の栓は抜く。蛇口は締める。使った物は元の位置。こんな最低限のことぐらいやれよ。セックスできるんならもう大人の筈だろうが。だったら大人の良識身に付けろや。それが筋だがや。子供作っていらんで

注・名古屋地方の方言。不快、うんざり感、苛立ち、苦々しさなどが微妙に混ざった感情。

堕ろせばそれでいいと思っとんのか。人の命をなんだと思っとるんだ。分かっとんのか。ブタ箱に入って反省せいや。行政もしっかり考えろよ。男も男でできちゃったから責任とって結婚するってどういうこっちゃ。責任感があるなら最初から避妊くらいせんか。女は女で避妊せん男を信用すんなよ。無責任に決まっとろうが。そんなんとよく結婚できるな。体が目当てだって分からんのか。本当に好きだったら大事にするだろうが。大事にされるってことがどういうことか分かっとんのか。よう考えろ。うつけもんが。ラブホテルで痴話ゲンカするなよ。なんで関係ない僕が警察にグダグダ訊かれなあかんのじゃ。知らんがや。壊した備品弁償せんか。パコパコパコパコパコサルみたいにセックスしやがって。クソガキが。後先考えずにラブホテルに来るな。バカップルが！

と、そういうわけで、ちゃんと片づけて帰る客はほとんどいなかった。率にするとどうだろう。三パーセントくらいだろうか。ほとんど皆無に等しいのだ。

そこで、僕はテリーに訊いてみた。

「テリー、百人近い女性経験の中でちゃんと片づけた女性はいたんですか」

「おう、おったよ。ひとりな」

「つんな、ひとり？　ひとりしかいないんですか」

「あんなー、そういった女はそうそうおるもんじゃねえんだわ」

「ほんで、その女《ひと》とはどうなったんですか?」

「別れた。自然消滅。俺からすれば遊びだったし。今になって考えればもったいないことしたと思うわな。マジでできた女だったで。顔はあんまだったけど」

「ふーん。でも僕は片づけなくてもいいからかわいい子がいいっすよ。初めては絶対かわいい子とヤりたいですもん」

「そりゃ俺だってヤんならカワイイ子がいいぜ。でもよ、結婚するとなったらさあ」

「僕は結婚するとなっても自分のタイプの子と結婚したいです。それにこれからは男も家事くらいやらないとダメなんですよ」

「ま、お前もそのうち分かるわ。女の良し悪しがさ。チェリーちゃん」

「分かりたいもんですね」

その後、僕は色々あってこのバイトを辞めることになった。

今まで健全な人生、セックスとは無縁の世界で生きてきた僕にとって、このバイトは、厳密に言えばそこで働いている人たちが世の中の暗にタブーとされている部分を教えてくれた先生だった。

そのため僕はこのバイトを始めてからそっち関係のエッチな知識も偏差値70台に突入し、実戦経験こそないけれど知識としてのテクニックもいくつか知ることとなった。また、女をより深い快楽の世界へと導くことができる大人のオモチャやあまり効かないらしい合法ドラッグや画像の悪い裏ビデオ等を所有する機会にも恵まれた。これらの道具は、テリーが有無を言わさずくれたのだった。テリーに借りた人気アイドルグループの写真集の或る女の子の顔に精液らしい黄バミがあるのを発見した時は、流石に男として情けなかったしもちろんテリーを軽蔑した。それでも僕はテリーには世話になったと感謝している。仕事を教えてくれたのはテリーだったし、テリーのおかげで女性経験まで恵まれそうになってしまったのだから。けれど僕は結局今もチェリーボーイだ。色々と誘いはあったのだけど自分の美意識に反するので全て断った。学歴や将来弁護士になるかもしれないなんてことをエサにして僕は女を釣りたくないし、そういう男になりたくもないしそういう男に釣られるような雑魚《ざこ》を食べたいとも思わないし性風俗に行きたいとも思わない。僕は童貞だ。迂闊に雑魚を食べたら骨董品に傷がつくではないか。

それにしても、よく童貞でこんなバイトやったなと思う。

確かに不安はあった。当たり前だけどラブホテルなんか入ったことがなかったので中の様子が分からず具体的にどういう仕事をするのかイメージできなかったし、募集欄に「過去は一切問いません」と書いてあり、どんないわく付きが働いているのかとびびったりもした。でも好奇心の方が勝った。将来を見据えて社会勉強をするという大義名分も然《さ》ることながら、その好奇心はスケベ根性と取ってもらって結構に思う。

けれどもそれは男に限ったことではなくて、女の人もいやはや我々に勝るスケベ根性の持ち主なのだとこのバイトを通して感じた。

新聞配達に始まって、餃子の王将、マクドナルド、吉野家、弁当製造、ケーキ製造、コンビニ、新幹線の防音壁工事、建設廃材回収、新聞編集補助、家庭教師、そして今回のラブホテル清掃と数々のバイトをやってきて、それぞれに刺激的な経験をしてきたわけだけど、男の性《さが》か今回のラブホテルのバイトが今までの中で最も刺激的で非常に勉強になったと思う。そしてこの刺激は結果論で言えば僕を覚醒へと導いたのだった。こう書くと僕が女遊びをするようになっただとか低俗なあらぬ妄想を僕に対して抱く人がいるかもしれないけれど、この覚醒という意味は決してそういったことではなくて、では、それは何かと訊かれたら僕は上手に説明できないけれども、端的に言えば、今までの社会や人間や女性やセックスや禁忌《タブー》に対する自分の考え方に方向転換がなされたということだろうか。

人間は神でも悪魔でも獣でもなく、人間だから人間なんだという当たり前のことが認識できるようになってきた。

人間を理解できるようになってきたのは弁護士を目指す僕にとっては知識ではなく人間としての大きな成長だと手応えを感じている。

人はどうして人を殺してはいけないの？

僕がテリーに誘われても断ったのはメールをやりたかったからというのもある。

メール交換をしている高校生のエミリンはとても感受性が強くて考えさせられる問題をストレートに訊いてくる。僕は彼女の素朴な疑問に自分なりの答えを導き出すのが好きだ。メールを送ると彼女の反応と次の質問が楽しみになる。彼女の質問はなかなか難解で、質問によっては日数を要する。そういう時は徒然《つれづれ》なるままにキーボードを走らせて、ほぼ毎日メールを送ることにしている。

そういうわけで合コンどころではなかったのだ。


シーツに血が付いていることがある。

それは、生理中だと中出ししても大丈夫だけれども、そこまでして中に出したいのかと僕は呆れてしまう。

そして、客の生理は決まって月末に多い。月末になると血染めのシーツで閉口する。変態志向のない一般常識人の筈である僕にとって、たっぷりと血を染み込ませたタンポンやナプキンを拾ったりバスルームやトイレやベッドサイドのライトに付着した血を拭き取るのはかなりストレスの溜まる仕事だ。どうでもいい雑念が頭を占領して日常生活に支障をきたすこともあるくらいだ。勉強に集中できなかったり、この前なんか夢精していた。だから、月末はさぼりたいというのが僕の本音だ。でも、テリーは違う。テリーは月末になるといつもより張り切って仕事をしている。

僕が思うにテリーは変態だ。

月末にはたまに血染めのパンティーやストッキングが放ってある場合がある。変態志向のない一般常識人である筈の僕は当然処分するけど、自称普通の男であるテリーは持って帰ってしまう。テリーに言わすと、これくらい男だったら普通で、むしろ僕の方こそ少しおかしいらしい。もちろん僕は不服だ。

「下着ドロとかのぞきとか盗撮とか痴漢とか確かに悪いことかもしれんよ。でもよ、お前も男だったら分かるだろ、一線を越えちまう奴等の気持ちがさ」

つまりそういうことなのだ。

エミリンは世界史選択ですか?

古代中国における社会の成立と発展について勉強したことはありますか?

今回は古代中国について書きます。これをこの前の質問の答えということにして下さい。って言うか僕はこう思っているよってことですけど。

元々、人は人を殺してはいけなかったのでしょうか?

古代中国では部族間での戦いに勝ち残った部族が大きくなり、やがて国という概念ができたのだと思います。そこの国では神権政治と言って占いや宗教的儀式によって国の方向性が決められていました。国を治める為の指針や規準がないので人間を超越した存在である神に頼っていたのです。しかし、国を治めるのに神頼みでは上手くいく筈ありません。動物の骨の折れ具合で戦争をするのかどうかを決めたり、熱湯に手を入れてやけどするかどうかで白黒善悪を決めていたのですから、そんな方法で秩序が保たれる訳がないのです。

国を治めるには人間自身が指針や規準を決めた方が世の中が安定するのではないかと考え、色々な思想が生まれました。これを諸子百家と言います。諸子百家の一つに儒教があります。儒家の祖は孔子です。孔子を祖とする徳治主義の学派、それが儒家です。

要するに儒家（孔子）は何を言いたかったのでしょうか。単純です。家族と仲良くすれば世の中の秩序は保たれるのではないか、だからまず初めに親や兄弟姉妹に対して思いやりを持って接しましょうと言いたかったのです。この考え方を端的に表したのが『修身斉家治国平天下』という言葉です。この言葉の意味は、人として行いを正しくすれば家族が斉《ととの》い、家族が斉えば国が治まり、国が治まれば世の中が平和になるということを表しています。このように人の心掛け次第で世の中の平和が左右されるのだという考え方が儒家思想の基盤なのです。ですから儒家思想の通り人の心が全て清く正しく美しければ世の中の平和は保たれるのかもしれません。しかし現実にはパーフェクトな人間なんて存在しません。ダメだダメだと分かっていながらもついついＯＬのお尻を触ってしまう男がいるように、人の心掛けなんてものは全く信用できないものなのです。人殺しはいけないことですと言ったって、人の心掛けなんてものは全く信用できないものなのでカネに目が眩んでついつい保険金目的の殺人を計画してしまうことだって有り得るのです。

しかし、人殺しはいけないことです。

では、どうして人は人を殺してはいけないのでしょうか。僕は、人が人を殺してはいけない理由なんて本当はないのだと思っています。だからこそ儒家の徳治主義では国を治め、世の中を平和にできなかったのだと思います。

儒家の一人に性善説を説いた孟子という人がいます。人間の心は元々は善だけど生きていくうちに悪いことを覚えてしまう。悪いことを覚えなければ善の心のまま生きていける。だから悪いことを失くせば人間は悪くならない。育つ環境が善ければ人間も善く育ち、悪い環境で育てば人間も悪い人間になるのではないかと孟子は考えたのです。しかし環境が善ければ必ず善良な人間に育つのかというとそうではありません。育つ環境が悪ければ必ず極悪非道な人間になるのかというとそうでもありません。確かに人間の成長には環境が影響するのかもしれないけれど、人間はそんなに単純ではないのではないか。環境よりもむしろ、人間は元々悪い性質を持って生まれてくるので善い教育を施して善い人間になるように育てればいいのではないかと考えた儒家もいました。それは性悪説を説えた荀子です。起立、礼、着席の礼は荀子の教えです。礼とは社会秩序のことです。人から親切にしてもらったらお礼を返す。こうして社会秩序が保たれるのです。荀子は、人間は元々悪い性質を持って生まれてくるので、人間に礼の心を教育すれば世の中が平和になると考えた訳です。しかし荀子も儒家です。儒家思想の基盤は家族への思いやりです。学校で教師が生徒にナイフで刺されたなんてニュースを耳にすると儒家思想が如何に机上の空論で無力かが分かります。思いやりの心を教えた所で刺してしまう人は刺してしまうのです。それはつまり徳治主義（道徳）では国を治めることができない、礼の教育では反社会的行動の抑止として十分ではないということを意味しているのです。儒家思想に行きづまった荀子の門下生たちは礼（社会秩序）に替わる新しい思想を考えました。それが法です。礼と法は何が違うのでしょうか。礼とは人が行うべき規律であり、社会の秩序となるべき教えです。泥棒はやめましょう。これが礼です。これに対して法とは刑罰のことです。泥棒をやったら禁固刑です。禁固刑になりたくなければ泥棒するな。これが法です。

ですから、人はどうして人を殺してはいけないの？　という質問の答えとしては、法で決められているからとしか答えようがありません。そして、刑罰を受けてもいいから人を殺したいと思う人間に対しては現段階の人類の思想では対処できないでいるのです。何故なら、法という思想では死刑という形で人殺しを肯定してしまうことになるからです。

人間の世界には社会秩序を保つべき法という決まり事が必要です。しかし、逆に言えば、法がなければ社会秩序が守られない限り何人《なんぴと》たりとも人が人を殺してはいけないという理由が見つかっていない証拠なのです。人類の歴史は戦争の歴史だと言われます。戦争は国家による殺人の肯定ではないでしょうか。そう考えれば日本も数十年前に犯している罪がある訳ですからね。

それでは、今回はこのへんで。ハル。

パンティーのある日、テリーは本当に嬉しそうだ。テリーは僕の目も憚らずにパンティーを頭から被《かぶ》る。それも、覆面レスラーのように顔全体がパンティーで覆われるようにだ。それをふんふん鼻息をたてて嗅ぎ、ハイテンションになったテリーは僕の首根っこを掴んでベッドに突き飛ばし、

「ハエのように飛び蚊のように刺す。その名もパンティー仮面！」

などと言ってプロレス技を仕掛けてくるのだ。その時の僕のリングネームはチェリーマンだった。と言っても僕は技を掛けられるだけで決してパンティー仮面と一緒になってプロレスごっこに興じている訳ではない。僕はただテリーが飽きるまで少し相手をするだけだ。十分くらいするとテリーは決まってフィニッシュの関節技を掛けてくる。僕は大袈裟に痛がって媚びるようにギブアップをする。するとテリーは優越感丸出しで僕に罵声を浴びせ仕事の指図をしてくるのだった。このプロレスごっこは敗者が勝者の分の仕事もする

ことになっていて、僕は仕方がないからテリーの分も仕事をやった。その間、テリーはというと、パンティーで遊んだり、トイレットペーパーでくるんである使用済みの生理用品をわざわざ広げて観察したり臭いを嗅いだりしている。

深夜の音楽番組でも紹介されたことがあるアマチュアとしてはまあまあ名の売れたバンドのギタリストで女の子にもかなりモテるらしい金髪のイケてるこの男はどう考えても変態だと僕は思う。使用済みの生理用品の臭いを嗅ぐという奇行を初めて目にした時は、思わずテリーに、

「変態入ってるんじゃないですか」

と言ってしまったのだけど、テリーの言い分はこうだった。

「お前はホントにつまんねえ奴だな。ホントはお前も見てえくせによ。おい、チェリー、お前ジョルジュ＝バタイユって哲学者知っとるか？　ジョルジュ＝バタイユって人はな、人間は労働の侵犯であるっていう言葉を残してんだよ。人間はタブーを破るためにタブーを作るのである。そしてそこにエロティシズムが生まれるのであるってな。分かるか？　芸の肥やしじゃねえけど俺は百人近い女とヤっとる。お前は童貞だから女を知らんわけだ。女の肌と密着した時の感触も女の汗の匂いも味も知らんしお前はマンコを見たことも舐め

チェリー《どうてい》にそたこともないわけだ。だから俺のことを変態呼ばわりするんじゃねえのか。んなこと言われたくねえぜ、俺は。それに人間やったらいかんこと程やりたくなるもんだろ。でもやれんこともある。だからAV見たりイメクラ行ったりするんじゃねえか。それからな、変態っていう奴等はな、女にションベン引っ掛けてもらって喜んだりケツの穴にハイヒール突っこまれて喜んだりする奴等のことを言うんであって俺は完璧なノーマルだっちゅーの」

スカート捲りをする男の子と同じ様に、トイレットペーパーを広げて男には知り得ない女の秘密を知りたいと思うのは男の純真な気持ちなのだとテリーは言っていた。

少年の純粋な心と変態の性欲は紙一重らしい。

正直に話します。僕はこのバイトをするまでセックスという行為は具体的に何をするのか知りませんでした。そして世の中には痴漢プレイやレイプの擬似体験プレイや金塊スカトロと呼ばれる女性の大きな排泄物を食べる変態プレイ等を売り物にした様々な種類の性風俗店というものがあることも知りませんでした。これらのことはすべてテリーに教わりました。

セックスという行為において、男女がお互いの性器を舐め合うといった衝撃的な行為をするのだと初めて知った時の驚きといったら、それはそれはbeyond description（筆舌に尽くし難い）なのでありました。

もちろん、膣に男性器を挿入して射精をすると精子が子宮の方へ泳いでいき卵子と精子が合体して受精卵となり……といった一連の生殖行動については中学の保健の時間に習ったので知ってはいましたが。

しかしながらであります。

小・中・高と公立へ行き、大学は国立に進学しました。好きな言葉は社会正義と公序良俗で弁護士を目指して勤勉な人生を歩んできたわけでありますけれども、世間知らずの僕なのでありました。この歳《とし》になってセックスも知らないとは。それにしても女の人は男の生殖器を銜《くわ》えたりして汚いと思わないのですか。あなたたち少し頭がおかしいんじゃないの？　と僕は思うのだけど、自称完璧なノーマルであるテリーに言わせると僕の方こそ少しおかしいらしい。おかしいな。そんな筈はない筈なのだが……。

僕は、一流企業や大病院の顧問弁護士になって何千万円も稼ぐような弁護士の花形ではなく、一般家庭の離婚問題や財産相続の問題、市民生活の中で起こり得る交通事故や傷害事件や婦女暴行事件などで被害に遭った人たちの助けになれるような弁護士になりたいと思っている。だからこそ法律専門学校に通って司法試験対策をするのではなく、実社会で通用する社会常識を身に付けることこそが重要なのだと思って色んな社会勉強をしている訳だ。とは言っても勉強をしていない訳ではない。これは、周知の事実だけど、レイプ事件を立証するのは他の事件を立証するよりも数倍難しいと言われている。何故なら、容疑者よりもむしろ被害に遭った女性が問題にされるからだ。被害者の女性は容疑者の男性を挑発しなかったか、最後まで抵抗したか、抵抗したと認められる痕跡は残っているか、服装や態度や行動に落ち度はなかったか、という詭弁論法によって事件の立証よりも被害に遭った女性の粗さがしに陥るケースがしばしば見受けられるのだ。被害に遭った女性がミニスカートをはいていたからといってレイプが許されるわけではないし、抵抗したら殺されるかもしれない状況で抵抗できずにレイプされて抵抗しなかったからといって強姦罪として立件できないなんてことは絶対に間違いであると僕は確信を持って言える。僕は、女性がお化粧やお洒落をするのは男に対して自分を魅力的に見せたいからだ、という定説があるのを知っている。極論すれば、女という女は荒々しく男に犯されてみたいという欲求が潜在意識の中に眠っているのだ、という滅茶苦茶な神話が、案外日常生活の中に根強く残っているのだと言えないこともないのだ。僕には女性の潜在意識の中にレイプされてみたいという欲求が眠っているのかどうかなんてことは分からない。ただ一つだけ言えることは、お金を払ってでも痴漢やレイプの擬似体験をしている男が確実に存在するということだ。しかも彼らは普通の市民生活を営んでいる子煩悩なパパさんかもしれないのだ。そのことに女性はもっと敏感になるべきなのだと僕は思うし、だからこそ自分こそは不幸にも被害に遭われた女性の味方として信用される弁護士になりたいと思っているわけだ。

でも、テリーの話を聞くと女性の性欲について確信が持てなくなりそうになる。レイプされて案外喜んでたりして……などという弁護士にあるまじき下劣な考えがほんの少し頭を過《よぎ》ることがあるのだ。これでは、はっきり言って弁護士失格の烙印を自らの手で押してしまったも同然ではないか。

ラブホテルで働く者としてラブホテル利用者に言いたいことがある。

これは一つのマナーだが、生理中にヤる時は下にバスタオルか何かを敷いてシーツに血が染み込まないようにするべきだ。

女性に言いたい。トイレでナプキンを捨てる時はトイレットペーパーにくるんでから捨てるべきだ。それと生理用品専用のごみ箱がある場合はきちんと分別して欲しい。ベッドルームにある一般のごみ箱には捨てないで欲しい。いちいち出して分別してるんだから。

僕は思うのだけど、生理用品を捨てる時はトイレットペーパーにくるむというマナーは女性だけに必要なマナーだ。このマナーはうちの客に限って言えば八割の客ができている。ちらかしっぱなしで帰る客でもこのマナーだけは守られていることが多いのだ。この事実から考えられることは、僕には姉妹がいないのであくまで推測の域を出ないのだけど、このマナーを教えることができるのは母親であり多くの女性がこのマナーについて母親から強く教えられたのではないか、ということだ。こう考えると父親ではなく母親の役割こそが重要なのだと思う。母親には父親では絶対に務まらない重要な役割があるのだから。子供にとって父親よりも母親が大切だというのは幼稚園の頃から母子家庭で育った僕が感じていることなのだから間違いないと思う。それからこれも推測の域を出ないのだけど、母親は娘が初潮を迎えた時に赤飯でも炊いて大人の女性としての心得のような話をするのだと思う。父親には大人の女性の心得を教えられないから母親が教えるのだろう。しかも父親が息子に大人になった時の心得を教える機会なんて生物学的に用意されていないので男はいつまで経っても大人になったという実感を持たないまま大人になってしまうものだ。テリーみたいに。経済力の担い手であるという旧来の父親の役割が母親にもできる社会になりつつある今日《こんにち》では、子供にとって父親なんて必要ないのかもしれないとさえ感じる。

僕は父子家庭ではなく母子家庭で良かったと思っている。経済的には父親に引き取られた方が楽だったと思うけど、それでもお母さんに引き取られて良かったと思う。きっと母親にしか備わっていない何かがあるのだと思う。そう考えると本当に世のお父さんたちは無力で虚しい。

そういうわけで、世のお母さんたちにはお受験教育に情熱を燃やすのではなく、子供が善悪の判断ができるのにもかかわらず悪事に手を染めてしまわないように育てて頂きたい。善悪の判断ができるように育てるのは母親としての必要最低条件で、できないのなら初めから子供を作るべきではないのだ。覚醒剤は悪いよ。シンナーは悪いよ。万引きは悪いよ。タバコは少し悪いよ。売買春はかなり悪いよ。街中で唾を吐くのは悪いよ。ゲロを吐くのはもっと悪いよ。ガムを吐き捨てるのはもっともっと悪いよ。ガムを踏むのは最悪だよ。数え挙げればキリがなく合法違法の悪いことが世の中にはあるし、合法でも人間の肉体や精神に悪影響を及ぼすものは多い。それを教え、かつ、悪い誘惑に打ち勝つ人間に育てなければいけないのだから母親業は大変だ。でも、だからこそ母親の役割が重要なのだ。これこそが僕の目指す社会正義と公序良俗の守られる世の中の第一歩なのだから。

子供を健全な人間に育てあげた母親こそがボクシングの世界チャンピオンを何人も育て

た名トレーナーよりも毎年何百人も一流大学に合格させる有名予備校講師よりも子育ての実体験のない教育学の権威者よりも偉大で称えられるべきなのだと僕は思っている。それは何故かと言うと、子育ては無償の愛だからだ。この愛こそがテレビドラマに見られるような打算と下心に裏付けされた男女の愛とは異なり美しい。逆に言えば、打算に満ちた子育ては醜い。

自分のコンプレックスを子供に押し付けるのは醜悪だ。

これは、家庭教師のバイトの時に感じたことだ。子供は将来動物園で働きたいと思っているのに、

「うちの主人は東大出身だから息子にも東大に行って欲しい」

とか言ってる母親がいた。子の心親知らずだ。東大出身の男と結婚したって息子が東大に入ったって自分の学歴や人生が変わるわけではないのに。その生徒は小学生にして英検3級を持っていた。ママが取りなさいと言ったので取ったらしい。そのご褒美に四十七万円もするリスザルを買ってもらったそうだ。その子は、結局、中高一貫の私立中学に入った。僕は役目を果たし臨時ボーナスをもらえて嬉しかった。けれどそれよりも彼の将来が心配だった。進路で揉めて母親を刺すようなことをしなければいいのだが。母親の言いな

りで生きている彼だって、いつかは自分で人生の選択を迫られる時がやって来るのだから。でも、彼は優秀だから獣医にでもなって自分も母親も納得のいく人生を選ぶだろう。そうなることを僕は願った。

家庭教師をして学んだことは、自分の人生は全く自分一人だけのものではないということだ。少しは自分のものだ。しかし、少しは家族のものだし少しは社会のものだし少しは国家のものだし少しは誰かのものだし少しは何かのものなのだ。そしてそれは、おかげとも言える。自分の人生は誰かのおかげだし何かのおかげであるのだ。

家族も友達も知人もいない本当に天涯孤独の人なら、誰にも迷惑をかけずに自殺できるのかもしれない。でも、そういう人でも海外で問題を起こせば日本人全体の資質を問われる国際問題に発展する可能性もあるのだ。だから「誰にも迷惑をかけてないんだから」なんてことは有り得ないのだ。機内で酔っ払ってフライトアテンダントに絡むのも買春ツアーもヨーロッパや香港でブランド品を買い漁るのも不様な政局も援助交際も格安団体ハネムーンパックも首からカメラぶら下げて観光地をうろつくのも遺跡にサインをする日本人の悪癖も必ず誰かが日本の恥だと感じているのだ。ヨーロッパのある修道院なんか日本人観光客の残したサインを消す修復工事が問題になったりしてるわけだしさ。考えて行動してくれよ。そこのあなたです。そこの。

そう考えると、母がいて友達がいて地元名古屋の国立N大学に通っている僕はとても悪いことなんてできないし、逆に善い行いをすれば僕と関わるあらゆる人や組織に自分の存在理由《レーゾンデートゥル》を示せるし、まわりの人たちも僕を必要としてくれるだろう。そしてこういうことが僕のアイデンティティのベースとなり生きる糧へと変わるのだと思う。

僕は社会から必要とされる人間になりたいし、自分の居場所は努力して勝ち取るものだと思っている。自分さがしの旅とか言って東南アジアを彷徨《さまよ》ったって自分の居場所が見つかるわけではないのだ。そんなものは貧乏な僕に言わせれば道楽娯楽怠慢怠惰現実逃避といったところだ。

会社にとって必要のない人間はリストラされるし親にとって必要のない子供はコインロッカーに捨てられるし、世の中に必要のない人間は世の中から見放されるというのが現実だ。

僕は弁護士になりたい。弁護士は世の中に必要な存在だ。弁護士は世の中のことをよく知らねばならない。頭でっかちではいけない。だからこそ色んなバイトをやってきたのだ。家庭教師も勉強になった。今はラブホテルで働いている。必ず将来のためになると信じて。

男に言いたい。使い終わったコンドームくらいちゃんとごみ箱に捨てろ。そこいらに放っておくんじゃねえ。この前フロアーに落ちとった使い終わったコンドーム踏んでまったがや。今でも忘れられんぞ。あの踏んだ時の感触。精子クンが跳び出てきたがや。臓腑《はらわた》まで鳥肌立ったぞ。

寝る前にエミリンからのメールを読んだ。またも難問だ。布団の中で考えるとするか。

世界史は受験で必要だから勉強しています。役に立たないと思っていた受験勉強の知識が、実は世の中を知る手助けになってるんだなあと思い直しました。ハルさんのメールを読むとあたしの中にある言葉にできないモヤモヤしたものが晴れるようなすっきりした気持ちになれます。本当にいつもいつも親切にメールを送ってくれて感謝しています。礼では世の中を治めることができないから法ができたという思想の流れは分かりました。

人が人を殺してはいけない理由は見つかっていないというハルさんの説明も納得できました。言っとくけどあたしに殺人願望があったわけじゃないよ(⌒_⌒)。

法は刑罰で、これを犯したらこれだけの刑罰が科せられますという決まり事が法なんですよね。でも、それでは矛盾ができると思うんです。

ナイフで人を刺し殺すのと車で人を轢《ひ》き殺すのとでは刑罰が違いますよね。殺人罪と業務上過失致死罪では科せられる刑罰の重さが違います。両方とも人が死んでるのに刑罰の重さが違うのは何故ですか。交通事故であれなんであれ遺族にとっては「過って死に至る」のではなく殺されたも同然だと思うんだけど。

それと、他人同士の傷害事件や暴行事件では傷害罪や暴行罪で捕まるのに、どうして夫婦間や親子間の傷害事件は「Domestic《ドメスティック》 Violence《バイオレンス》」とか「幼児虐待」とか特別な枠を作って問題にするんですか。別に普通の傷害事件として立件すればいいと思うんだけど。

それと、よくニュースで耳にする「淫らな行為」ってなんですか。男の人がお金を払って中学生や高校生の女の子とセックスをすることですか。十八歳未満の人はセックスしてはいけないのですか。女は十六歳で結婚できます。十六歳で結婚できるということは当然十六歳でセックスすることになります。だから十八歳未満の人とセックスしたとしても淫行で捕まるのはおかしいんじゃないの？　と思うのですが。

それと、いじめで自殺した子をいじめてた側の子供には何か刑罰が科せられてるんですか。あたしのクラスのいじめグループにはなんのお咎《とが》めもないみたいなのですが。お金の借《か》りパクが流行《はや》ってるし。

それと、国民の三大義務である納税を守らずに脱税したらマルサに捕まるのに、義務教育を守らずに義務教育を受けさせなかった保護者がマルサみたいな役人に捕まらないのは何故ですか。学校は行かなくてもいいんですか。

久しぶりにニュースステーションとNEWS23《ツースリー》を連チャンで見ました。と言っても本を読みながらテレビを点けてたってカンジだけど。それで、なんとなく疑問に思ったものでメールを送ります。エミリン。


テリーが海に行った時の話をしてくれたことがある。確か森戸海岸と言っていた気がする。

夜、浜辺を一人で歩いていたギャル系の女の子をナンパしてそのまま近くの神社の境内でヤっちゃったらしい。

テリーはにやにやしながら言った。

「外でヤって興奮してたのかなあ。あんまり気持ち良くて中に出してまったわ。ほんでその時は気が付かなかったけど後《あと》で風呂に入ったらあっちこっち擦り剥けてんだわ。ヒリヒリして痛えんだ、これが。ちんぽの皮チャックで挟んだみてえによお。ハハハハハ」

相変わらずの自信満々なしゃべり方に少しうんざりしながらも、僕はその時の激しいセックスを想像しつつ羨ましくなんかないぞ！　と言い聞かせている自分に気が付いて少し虚しかった。僕はテリーを軽蔑しているけど、

「青姦《アオカン》の立ちバックはサイコーだったぜ」

なんて話を咎《とが》めることもできずにただただ聞いているだけの自分を疎ましく感じた。

僕にはガールハントなんてできないし、当然ヤったこともない。僕にできるのはサバンナの掃除屋よろしく他人のおこぼれを頂戴することだけだ。頂戴するといってもテリーのセックスフレンドを頂戴するわけではない。テリーの女遍歴の自慢話を拝聴するという情けなくも虚しく浅ましいことしかできないのだ。

テリーからセックスのテクニックを聞いてちゃっかり性知識を増やしている自分がいる。テリーのセックス話を鵜飲みにしている自分がいる。女性経験がなく真実を知らないくせに「こうすれば女が喜ぶ」みたいなテクニックの知識だけは一人前にあって、たまにセックステクニシャンになった気に陥ってしまう自分が本当に虚しくて嫌になる。

でも、それは仕方のないことだとも思う。

僕に限らず男だったら誰だってセックスの下手クソな男よりは女を泣かすくらいのテクニシャンになりたいのだから。

結局、僕も男だからテリーと同じ穴のムジナなのだと嫌でも認めざるを得ない。男には男にしか分からない、言い換えれば男なら自明のこととされている共通認識が男の世界には数多くあって、その共通認識はファシズムのようにムジナの穴の中に浸透していてムジナを統制しているのだ。だから男のすべてが下ネタ話をしたいわけではないのに男は自明のこととして下ネタ話が好きだという共通認識に洗脳されていることになっているから僕も下ネタ話をしなければならなくなるのだ。その結果、たとえ今は洗脳されていなくても「朱に交われば赤くなる」と言う通り、いずれ洗脳されてしまうだろう。

一人前の社会人だったらビールくらい飲めないとやっぱりヤバイでしょ？　ということになっている社会で、

「あっ、僕はビール飲めないんでファンタオレンジを……」

これではやっぱりダメなのだ。

だから学生時代にビールを体に馴染ませるわけでしょ？　馴染まなくて死んじゃう人もいるけれど、でもそれは社会人への通過儀式の際に起こる些細な事故なので仕方がないということになっている社会では嫌酒者《ノンドリンカー》という異端児になることが許されていないので誰もが酒という聖水の洗礼を受けなければならないことになっている。

「お酒は二十歳になってから」「未成年者の飲酒は法律で禁じられています」なんてどこかの誰かが言うけれど、結局そいつもムジナだから説得力なんてあるわけないし、ムジナの穴の中の現実は暗黙の了解という共通認識によって十代で飲み始める奴が多いし、十代で飲んでもあまり悪いことをしているという意識がないし、下手をすると「社会に出るとなあ」式の蘊蓄《うんちく》を垂れながら未成年者に飲酒を奨めるムジナもいる。もちろん彼らは未成年者の飲酒が犯罪であることを知っている。そして未成年者に飲酒を奨める行為もまた幇助罪という立派な法律違反であることも知っている。ところが彼らには罪の意識なんて全くないし、不健全さの一欠片《ひとかけら》も見あたらないどころか犯罪行為を指摘する行為にこそ罪の意識を感じなければいけないのである。まさにこれこそが僕の言う共通認識に洗脳されるということだ。正しいことが間違って見える。そういう感覚に無意識のうちに慣らされていくのだ。恐しいことだけど仕方がない。ムジナの穴にはムジナしかいないのだから。でも本当は臆病なキツネもいてムジナに変身しているのだと思う。意地悪なムジナにいじめられないように。

それにしてもなんとバチ当たりな。子供ができたらどうするつもりなのだ。

僕は努めて無関心を装いながら事務的な口調でテリーに訊ねた。

「それで中に出して大丈夫だったんですか？」

テリーは男らしい答えを返した。

「それっきりだで知らん。関係ねえよ」

僕は呟くように言った。

「鬼ですね」

そしたらテリーは、馬鹿言うな、俺なんかまだマシな方だわと言って、テリーが所属していたサークルの先輩の話をしてくれた。

「今は潰れてないけどよ、少し前に有名なナンパ系のイベントサークルが俺の大学にあってよ。で、そこのサークルの先輩にスゲー人がおってよ、俺も一気飲みとかかなりヤバイことやらされたんだけどよ。大学入って俺が初めて合コンに誘われたのがその先輩なんだけどよ、俺ともう一人の新入生とその先輩と女の子三人で合コンしたんだわ。酒飲んだりして女の子のアパートに行くことになってよ、女のアパート行ったんだわ。そしたらそこで先輩が女にちょっかい出し始めてよ、そのうちスカートの中に手入れたりおっぱい触ったりして女が怒ってまってよ、警察呼ぶわよって怒鳴ったんだわ。普通警察呼ばれたらビビってまって手が出せんがや。でもよ、その先輩はドスのきいた声でなんだコラあ、呼べるもんなら呼んでみんかって女の髪の毛摑んでよ。ほんで女の方がビビってまってその後泣きながら犯《ヤ》られとったわ。それに比べたら俺なんかまだマシだがね。そう思うだろ」

　僕は努めて冷静に言った。

「それって犯罪じゃないですか」

「おう。俺もそう思った。実際あれはマジでヤバかったもん。犯《ヤ》られとる女って抵抗しないんだぜ。ガタガタガタガタ音がするくらい震えとった。下だけ脱がされて後ろから犯られとった。俺ともう一人の奴は見とるだけだった。先輩が終わってから犯れって言われたけどビビってまって勃たんかったくらいだし。マジであれはヤバかったわ、マジで」

　テリーがこれだけ〝マジで〟を連発するのだから実話《マジ》なのだろう。テリーは話を続けた。

「でも帰りに先輩が話してくれたんだけどよ、強姦罪っていうのは被害者が警察にチクらんかったら大丈夫らしい。チクられても裁判で敗けて初めて犯罪になるんであって勝てば全然問題ないからって言っとった。それに女が拒否しとる所に無理矢理俺たちから押し掛けたわけでもねえし、女が来てもいいよってOKしたんだからさ、犯られとる時に抵抗したわけでもねえし。だから裁判になっても全然問題ないって言っとった。逆に名誉毀損で慰謝料請求したるって笑っとったくらいだもん。それから一週間くらいずーっとビビって生きとったわ、俺。でも、なーんもねえし全然ＯＫじゃんって思ったら自分がアホらしなってサークルに入ったわけよ。分かる？」

「はあ。その人今何やってんですか」

僕は努めて努めて冷静な口調でテリーに訊いた。テリーは答えた。

「先輩？　中学の先生しとるみてえだな。高校かもしれん。どっちかだわ、確か。結構大変らしい。遠足とか修学旅行の規則の一つに指輪とかネックレスとかそういう貴重品や装飾品の類《たぐい》は持って来たらいかんっていうのがあるらしいんだけど、ある生徒がグッチの腕時計してきて別の生徒が先輩にチクったらしいんだわ。それでグッチの腕時計しとった生徒に指導したら時計は持って来てもいいんだから問題ないって言ったらしいんだわ。ほんだで先輩はでもグッチの腕時計は貴重品だで修学旅行が終わるまで先生が預かるって言ったら、その生徒はわたしの家ではグッチの腕時計くらい貴重品じゃないから大丈夫って言ったらしいんだわ。それで先輩はその生徒の家に電話して貴重品や装飾品は禁止されていますので修学旅行が終わるまで学校側で預からせて頂きますのでっていう話をしたらその生徒の母親に色々文句を言われたらしい。最近は遠足や修学旅行にプラダのリュックとかヴィトンのボストンバッグとか持って来る生徒がチラホラ増えてきたから今年はブランド品の所持を完全禁止にしたら学校にイタズラの無言電話と生徒の親から何件か苦情の電話があって対処に大変だったとかって話を聞いたからさ。マタ聞きだけど。それよりこのマタ聞きした相手がスゲー人でよ。サークルのOBで今は結婚して専業主婦しとるみてえだけど旦那が単身赴任で家にいねえしつまんねえからたまに人妻専門のフーゾクでバイトしとるっていう女でよ、先輩の先輩で俺の五コ上かな、俺は先輩に紹介してもらったんだけどよ、先輩の童貞食ったのはこの女《ひと》らしい。俺も世話になっとるしな。ヤリマンだからみんなヤリ姉さんって呼んでんだけど怒んねえの。今話したのはこの前のライブにヤリ姉さんが来てくれてその時に聞いたんだわ。先輩から久しぶりにヤリ姉さんのトコに電話があって二人で飲みに行ったらしいわ。先輩ストレス溜まっとったらしくてヤリ姉さんに説教したあげく泣きついたらしい。学校ってトコは私立であっても単なるサービス業じゃねえんだ。受験勉強したかったら塾に行けってんだ。学校ってトコは、学校ってトコはなあ、社会に出るための準備をするトコなんだよお。規則があったら守らんといかん。そーゆーもんじゃねえかあ。その規則が良いか悪いかなんて俺は知らん。ブランド品持って来たらいかんって俺が決めたわけじゃねえもん。職員会議で決まっちまったんだもぉん。そしたらよ、生徒に守らせんといかんだろ。それで担任受け持ちの力量が決まるじゃねえかよお。俺、一人でも言うことの聞かん生徒がおったら俺の指導力がないって責められるしよお。教師向いてねえのかなあ。俺のクラスだけ問題児が多いんだよお。どうしたら生徒に言うことを聞かせられるんだろう。分かんねえよお。本当に分かんねえんだよお。姉さん教えてよおってな具合だったらしい。ほんだでヤリ姉さん先輩にこう言って慰めたらしいわ。教師の力量ってなんなの？　生徒に言うことを聞かせることなの？　先生の言うことを素直に聞く子は良い子で聞けない子は問題児ってわけなの？　学校は軍隊じゃないのよ。生徒は教師の部下じゃないんだから。みんながみんな右向け右で言う通りにするわけないじゃないの。それよりもどうすれば子供たちが笑顔で学校生活を送れるか考えるべきなんじゃないの？　別にブランド品くらいいいじゃない。それで楽しい修学旅行の思い出ができるんならさ。人刺したりっていう犯罪とは違うんだからさ。中学生の女の子ならこっそりおしゃれグッズのひとつやふたつくらい持って行くわよ。別にいいじゃないそれくらい。生徒の親だってそう思ったから問い合わせてきたんじゃないの？　世の中はキレイキタナイ白黒善悪の二者択一じゃないでしょ。曖昧なグレーゾーンっていうのがあって人間はグレーゾーンで生きてるんだからね。ちょっとくらい規則破ったからって公安警察みたいに取り締まらなくたって大目に見てやってさ、他の先生にバレないようにうまくやるんだぞって言えるくらいにドーンと構えてさ。そんなつまんない規則のひとつやふたつ破ったからって子供たちがどうかなるわけじゃないんだから。それでも生徒を言う通りにしたいのなら学校なんか辞めて警察か自衛隊にでも入りなよってなことを言ったんだとよ。先輩は素直にウンウンって聞いてたらしいわ。ほんで結局ホテルに行ったらしいんだ。でも先輩大人しいじゃん。ヤリ姉さん俺に話してくれた時腹抱えて笑っとったけど先輩インポになったらしい。酒飲んでも余裕で勃った男がよ、仕事のストレスでインポになっちゃってさあってヤリ姉さん笑っとったわ。勃たなくなったら男もおしまいだねって言っとった。スゲーだろ、この女。だって俺チンコ縮んだもん。この話聞いて」

エミリンに返信メールを送った。

エミリンはニューステーションやNEWS23を見るんですか。

僕もできるだけバラエティーやドラマではなく、教養番組やニュースを見るようにしています。バラエティーやドラマを見ても面白いと感じないというのもあるんだけどね。こんなこと書くと石頭のつまらない真面目人間だと思うかもしれないけど、お笑い芸人の出ている番組よりも動物の生態や科学の神秘を追及する番組の方がリラックスして見れるんですよね。

僕は思うんだけど、人を笑わせたり驚かせたり喜ばせたりするのが芸人の存在理由ですよね。ものまねでも腹話術でもマジックでも漫才でも技術が伴って芸ができると思うんです。マジシャンはマジックを魅《見》せる芸人だし漫才師は漫才を魅《見》せる芸人だと思うんです。素朴な疑問なんだけど、最近テレビに出てくるお笑い芸人っていう人達は何を見せているんでしょうね。何か人を笑わせる芸を持っているのかな。何の技術も才能もないから恥ずかしいことをやって笑われて、それを笑わせたと勘違いしているように思えてならないのですが。僕はどうも頭の堅い人間なのでお笑い芸人の芸では笑えないんですよね。笑わせるのと笑われるのとは大きな違いがある訳ですからね。笑いを強いるバラエティー程見ていて辛いものはないと思いませんか。まあ、芸がないから頭の悪い企画をやるしかないと言えばそれまでなんですけどね。

本題。エミリンの質問にお答えしたいと思います。

人が死んでいるのに殺人罪と業務上過失致死罪に分けられるのはどうしてかという質問

でしたね。

殺人罪というのは人を殺した罪のことです。過失致死罪というのは不注意の為に人を死なせてしまった罪のことです。エミリンが矛盾を感じるのは加害者の視点ではなく被害者の視点だからだと思います。車で人を轢《ひ》けば死ぬかもしれないなんてことは誰でも想像のつくことです。しかし、僕は車を持っていないので確信は持てないけど、ドライバーには人を殺すかもしれないなんて意識はないと思います。だから毎年一万人くらいの人が交通事故で亡くなることになるのです。

つまりこういうことです。

人は、人の命は尊いものだと考えています。しかし現実には人が考えている程人の命は尊くないのです。本当に人が人の命を尊いものなのだと考えているのなら優先的に人の命が守られるような世の中になっている筈なのだから。現実は違います。日本は毎年一万人くらいは交通事故で死ぬかもしれない程度に人の命を尊いと思っているような社会になっているのです。ですから、交通事故で死ぬ羽目になった人や遺族の人達には悔やみきれないことだけど、業務上過失致死という罪は必要なのです。自分の子供が悪質なドライバーに轢き殺された遺族の親の気持ちを思えば加害者は殺人罪に匹敵するのだと考えたくなるのは分かるけど、残念ながらそうは問屋が卸さないのが世の中の厳しいところなんだよね。結局は両者の間に弁護士が入って金で解決して終わっちゃうんだから。人の命なんてそんなもんだよ。

次。エミリンには家族がいると思います。僕は母子家庭で育ったので家族は母だけです。ドメスティックバイオレンスも幼児虐待も新しい言葉ですよね。

詳しいことは分からないけど、たぶんアメリカから輸入された言葉だと思います。昔から日本的な考え方では、身内の問題に他人が口を挟むのはあまり良いことではありませんでした。日本では身内に対して他人という言葉を使いますよね。

対してアメリカなどの個人主義社会では自分以外は夫婦であろうと親子であろうと別の個人、つまり他人であるという意識があり、個人を尊重するように社会整備されています。アメリカでドメスティックバイオレンスが起きれば警察や法律の専門家が介入できるし、幼児虐待が起きれば医療福祉の専門家が親子を引き離すことも認められているのです。

日本には警察力の民事不介入という原則があります。家庭の問題に警察だろうがなんだろうが口を挟むのは良くないという意識があるからです。だからアメリカでは傷害事件になるようなドメスティックバイオレンスも日本ではただの夫婦ゲンカで片づけられてしまうのです。夫婦ゲンカは犬も食わぬと言われるお国柄だからこそ弁護士が被害者の助けになればと僕は思っています。

次。かなり鋭い質問で、この質問が考えてて一番難しかったです。

確かに淫らな行為という言葉はよく耳にします。淫らな行為とはなんなのでしょうか。刑法では十三歳未満の子供に対する強制猥褻罪と強姦罪は仮に相手の合意があったとしても成立することになっています。

問題は十三歳以上十八歳未満のセックスについてです。

エミリンの言う通り、確かに女性は十六歳で結婚できるんだから成人男性と十八歳未満の女の子（大抵は中学生か高校生）がセックスして淫行で逮捕されるのはおかしいのかもしれません。二十歳と十七歳のカップルだっているんだろうし。ちなみに、十八歳未満同士のカップルがセックスしたら処罰される自治体もあります。逆に、十八歳未満のセックスを認めている自治体もあります。ということは、淫らな行為とは権力が認めない性的な行為のことを言うのではないでしょうか。日本には売春防止法があるからおじさんと女の子が売買春をするのは淫らな行為ということになります。セクハラも淫らな行為です。政治家が愛人を囲うのは淫らな行為とは言わないみたいです。

権力は、権力者にとっては都合良く働き、権力に支配される圧倒的多数の人間にとっては孫悟空の頭の輪っかみたいに邪魔なものなのです。

男の僕だって売買春が淫らな行為で逮捕されるのなら性風俗店でやってることだって淫らな行為で逮捕されて然るべきだと思うもん。フェラチオ（って分かる？）はＯＫで本番のセックスはＮＧだなんて矛盾してると思うもん。それに、ラブホテルで売春してたら分かんないし。まさかエミリンはしてないと思うけど＼⌒◡⌒／。

次。いじめ問題も立証が難しいからね。でも、ケースバイケースで少年院に入れられたりしてるみたいです。それよりもエミリンのクラスのいじめはどうなのさ。借《か》りパクって借りたまま返さない泥棒のことだよね。こういう場合貸した人が返してって催促しないと詐欺や横領にならないから、いじめられっ子は催促できないから泣き寝入りすることが多いんだよね。

いじめはいじめる側が絶対に悪いけどいじめる人はドメスティックバイオレンスや幼児虐待の加害者と同じで精神の病気だからなかなか止《や》められないんだよね。ドメスティックバイオレンスや幼児虐待やいじめの加害者も家族から暴力を受けてたり精神的な重圧で苦しんでたりする被害者が多いし、それがトラウマになってるからね。だからいじめられてる人がいじめられないように強くなるしかないんだよね。いじめられない強さを身に付けないといずれ自分より弱い者と出会った時にいじめられた時のストレスを弱者にぶつけて自分が加害者になってしまうからね。多くの場合、男だったら奥さんで女だったら子供に八ツ当たりするわけでしょ？　それがドメスティックバイオレンスや幼児虐待のカラクリなんじゃないの？　いじめない、いじめられない強さを持っている人はドメスティックバイオレンスも幼児虐待も起こさないと思うよ。

いじめとは、いじめる人もまた弱者なり。これが僕の結論です。素人の浅知恵だけど。次。余程の理由がない限り義務教育は受けないといけません。最近は学校なんか行かなくてもいいなどと主張する人もいるみたいだけど学校に行かない子供達の将来を考えると結局は暗いからねえ。学校にはなるべく行った方がいいと僕は思うね。それこそ自殺を考えちゃうくらい深刻ないじめに遭ってるんなら別だけど。

前にも書いたと思うけど、僕は弁護士を目指しています。今は法哲学について勉強しています。今の日本には現状の法律では対処できない問題が山積みになっています。司法試験の勉強で過去の判例を暗記しているのですが、それを覚えて役に立つのか今一つ実感が湧いてきません。そもそも法律はなんの為にあるのか。もちろん社会秩序を守る為にあるのだけど法律があったって毎日のように殺人事件や交通事故で人が死んでいるという現実があるわけで、この現実は変え様がありません。そんな中で司法試験の勉強をしていると空虚な気持ちになる時があります。法律は本当に日本国民一人ひとりの尊厳を守っているのだろうかと。そして仮に国民の為にならないような法律があったとしたら、そんな法律でも守らなければいけないのだろうか……と。

世界のどの国を見ても法律があります。国民にとって国の法律は絶対守るべき規則です。しかしいつの時代のどこにも完璧な法律なんて存在していません。人間が法を定め人間が法を守り人間が法を破るとはどういうことなのか？　法がなかったら人間社会はどうなるのか？　秩序は悪くなるのか、良くなるのか？

一体全体法とは何なのか？

僕は今、そういう法哲学の原点について勉強している最中なのです。

古代中国の諸子百家の一つに名家と呼ばれる思想家達がいました。名家は物事の本質を見極めようとした論理学派です。名家を代表する公孫竜という人は「白馬は馬に非ず」という有名な言葉を残しています。白馬という字の持つ意味は白い馬のことなのだから厳密に言えば白馬は馬ではないという意味なのですが、これでは何のことやらさっぱり分からないと思うのでエミリンにも分かるように易しく説明したいと思います。

たとえるならこういうことです。

悪いことはやってはいけません。法は守りましょう。それでは悪い法律があったらどうするのか？　法で認められていることなら、或いは法に触れなければ悪事を働いてもいいのか？　そこで公孫竜はこう言ったわけです。白馬は馬に非ず。即《すなわ》ち、悪法は法に非ず。物事の本質を見るべきだと。しかしそうは言っても法は法です。法は守られねばなりません。個人が勝手に法を破って刑罰が科されなかったら社会秩序が保たれなくなります。法は法にして法なのです。良いとか悪いとかではなく法は守らなければならないものなのです。ソクラテスが「悪法もまた法なり」と毒杯を呷《あお》ったのも法の力が人間社会にとって如何に重要なものであるかを身を以って示したかったからなのです。人間にとって法律とはどのように存在するべきなのか？　明らかに時代とマッチしないアナクロな法律がある場合は改正すべきではないのか。あるべき法律が時代に追い付いてなくてない場合は制定すべきではないのか。僕はそういうことを考えています。

ラブホテルの従業員が盗撮ビデオを取り付けて私的に楽しんでるとして、日本には盗撮行為そのものを罰する法律がないのでこの盗撮行為は許されてしまうのか、それとも悪いことは悪いこととして警察に通報するべきなのか。

日本の法曹界には解決すべき問題が山積みになっています。まず第一に、検事も裁判官も弁護士も絶対的に人数が足りていません。それに司法試験の勉強をしていて思うんだけど、法律を抜本的に改正して現代に適した法律に直すべきです。しかし政治家は鈍臭いし日本社会で何が起きているのか一番知らない人種みたいなので政治家には全く期待できません。だから、法律の改正は法律のスペシャリストである検事と裁判官と弁護士が法律改正会議のようなものをやって改正案を作り、国民投票で決定できるようなシステムを作らないと政界や経済界の人間が不正を働いた時は政治決着でなんとかなって、一般市民はちょっとしたことで人生を潰すことになるなんて法の下の平等が守られていないのではないかと疑ってしまいます。それに、町医者みたいにちょっとした事で相談できる法律事務所がもっと増えるべきなのです。そして隣近所の些細な、しかし厄介な揉め事さえも解決してくれる町奉行のような裁判所ももっと増えるべきなのです。しかも病院みたいに保険があると尚更いいと思います。

医者が人体の病気を治すように法律家は人間社会の病気を治す仕事です。だから本当は、一般市民が弁護士に相談することが高根の花になってはいけないのです。

そういうわけで僕は地味でも社会の役に立つ弁護士になりたいと思っています。
それではおやすみなさい。ハル。
送信。安心。就寝。

第四章　思考力のない馬鹿な事

バーにいる。目的はない。

小ぢんまりとしたバーにバーテンダーとあたしの二人きりだが会話はない。

バーにはクラシック音楽がジャズアレンジで静かに流れている。

曲はたぶんショパンかリストだと思うけど正確には分からない。ショパンかリストかなと思っただけ。

このバーは初めてだ。バーの名前は知らない。

行ったことも、ましてや名前すら知らないバーに一人で入ったのは失恋したからだ、龍介とケンカ別れして心を癒しに何処か知らない静かな場所を求めてというわけではなく、別に理由はない。若い女が一人でバーに入るのに理由なんか必要ではない。

あたしがここにいる理由を誰かに説明しなければならないのならこう説明するだろう。

「彼氏とケンカしたの」

あたしは誰ともケンカしていない。寂しいわけでもない。ここにいる理由は本当にないのだ。

最近、フリーライターの真似事を始めた。小説も書いてみたい。ジャンルは新プロレタリア文学とでも言うべき社会問題をテーマにした流行りの長編小説ではなくて、文学はあくまで芸術としてあるべきだという芥川龍之介的路線を目指している。

龍介は真面目に就職活動をしている。偉いと思う。あたしにはそんなことできない。だからこんなことをして何かやっているつもりになっているんだと思う。あたしは何をやりたいのだろう。卒業してからどうしよう。何も決めていない。でも、東大だからなんとかなるとは思う。

女が一人でバーにいると男から声を掛けられることがあるらしい。

もうすぐ還暦に手が届こうかというくらいの男がバーに入って来て、私は三十年このバーに来てるけど女性が一人でいるのを初めて見ましたと言ってあたしの隣に座った。

男は冴木と名乗った。

あたしは男に職業を訊ねた。

男はノンフィクション作家だった。あの有名なノンフィクションライターの冴木慎太郎だったのだ。冴木さんは絶望していた。

「三島由紀夫が自決した理由が分かるようになってしまった」

冴木さんはそう言ってバーテンダーの出したお酒を一気に飲み干した。黄金色したカクテルだった。

何かあったんですかとあたしは訊ねた。

「何もない。何もないんだよ。何を食べても美味くない。書けない。書くことがない。何をやってもつまらないんだ。知らなくてもいいことを知り過ぎて人生を楽しめなくなってしまったらしい。これはまさに三島由紀夫病だ。非常にまずい。自殺で終わるなんて最悪だ」

あたしは冴木さんの言うことが分かる気がした。だから売春を始めた中学生の頃からフリーライターの真似事を始めた最近のことまであたしの心境すべてを冴木さんに話した。

自分のことを他人に話したのは初めてだった。

冴木さんは真剣に聞いてくれた。そしてゆっくりこう言った。

「東大出身の高級官僚。東大出身の医者。東大出身の弁護士。東大出身のプロ野球選手。東大出身のプロボクサー。東大出身の芸能人。東大生のＡＶ女優。東大生の売春婦。東大生の小説家。東大も落ちたもんだよなあ」

何も言葉が出なかった。

大人気《おとなげ》ないね、と冴木さんは苦笑いした。そして急に真剣な眼差しになりこう言った。

「政治ほど人生を腐らせるものはないからあなたは政治をテーマにしない方がいい」

冴木さんの眉間には険しい皺が寄っていた。

「私はいま天皇と政治と文学者について執筆しているんだが三島由紀夫や司馬遼太郎を読むにつれ執筆意欲が失せてくんだよ。今さら日本にとって天皇とはなんなのかなんて書けるわけないだろう。どう書けばいいって言うんだ。あなたにとって天皇とはなんですかなんて誰に訊けばいいんだ。天皇だもんなあ」

冴木さんは深く溜め息を吐《つ》いてこう言った。

「全く、我ながらよくもこんな仕事を引き受けたもんだよ。三十年の執筆活動の中で一番不毛だもんな。嫌《や》んなっちゃうよ」

あたしは苦し紛れにこう言うしかなかった。

「天皇は一番書きづらいテーマですもんね。今の今まであたしは日本にとって天皇とはなんなのかなんて考えたこともなかったです。あたしは一生選挙には行かないと思います。それは政治家があたしの生活や人生を良くしてくれるとは思わないからです。天皇を意識したことは政治家以上にありません。天皇は日本の象徴だけど日本は天皇を反映していないですから。天皇は俗世間の俗物とは無縁の存在ですもんね。あたしは天皇が一番日本を知らないと思うんです。それでも天皇は日本の象徴なんですよね。それなのに天皇についてなんて書けるわけないんです。そうですね、あたしにとって天皇とはイエスみたいな存在ですかね。もちろん神という意味ではありません。あたしはキリスト教徒ではないのでイエスに救いを求めることはありません。でもクリスマスは何か特別な一日のような気がします。正月には初詣に行くけどあたしは神道信者ではないですもんね。そういう意味で天皇とイエスは似たようなもんなんです。戦後民主主義の日本は天皇を利用した軍国主義のことを何も総括していません。そのことを文学者があれこれ書いたのは知ってるけどあたしは興味ありません。あたしには日本とアメリカが戦争していたなんてどうでもいいことなんです。そんなことはいい国（１１９２）作ろう鎌倉幕府と同じレベルの歴史認識でしかありません。だから天皇に対しても特に何も思いません。しかしだからと言って天皇の存在を全く無視しているわけでもないんです。日本には天皇が必要だとすら思っていま す。天皇がいなくなったら天皇賞はどうなるんですか。天皇という名称がタブーになった ら天皇賞というレースがなくなるんじゃないですか。ナンダカンダ言っても天皇賞を勝っ た馬が名誉を得ると思うんです。それにエリザベス女王杯があるのに天皇賞がない日本の 競馬なんて絶対に変ですよね。だから天皇という存在は必要なんです」

私は大変驚いた。女子学生が競馬をするなんて私の学生時代には考えられないことだと いうのもある。それよりも彼女の思考回路が私の思考回路では推し量れないのだ。ノンフ ィクションライターを三十年もやればあらゆる種類の人間に会うことになる。無知。博識。 何回も手首を切ってその傷跡を嬉しそうに見せてくれた女の子もいた。わざと貞操観念の ないふりをして私を誘惑してきたホステスもいた。四十半ばにして処女のアメリカ人女性 運動家にも会った。私は色んな女を見てきたし、それなりに女を知っているつもりだ。し かし私の隣に座っている女は私の知っているどの種類にも当てはまらないのだ。無知だが 博識で博識だが無知だ。

しばし沈黙。

私は訊ねた。

「どうしてこんな流行《はや》らないバーに一人でいたのかな」

彼氏とケンカしたとは答えなかった。

「理由はないんです。冴木さんにはこのバーに来た理由があるんですか。あたしに声を掛けた理由があるんですか」

冴木さんはあると答えた。

「来た時にも言ったけど私はこのバーに三十年来てるけど女性が一人でいるのを初めて見たんだ。私は一瞬入る店を間違えたのかと焦りましたよ。三十年通いつめたバーを間違えたらまず間違いなく痴呆症が始まってることになるもの。でも、三十年変わらない内装にフレデリック＝ショパンを耳にして間違いなのは私ではなくあの女性なのだと脳が指令を出していました。だから思わず体が反応してあなたに声を掛けてしまったのです。職業病みたいなものです。このバーには人がほとんど来ないんです。況《ま》してこの時間にこのバーで誰かと知り合うなんてまず有り得ないことです。このバーに言葉は必要ないんです。私がこのバーに来てこんなに会話をしたのは初めてです。あなたは普通という言葉が似合うのにどこか普通じゃないですね。誰ともしゃべりたくないからこのバーに来たのに私はこんなに会話を楽しんでいるのだから」

男は嘘を吐くのが下手だ。それはベテランのノンフィクション作家でも変わらないらしい。

あたしは言った。

「仕事に行き詰まった時にこのバーに来るんですね。本当はあたしがここに居てはいけなかったんですね。冴木さんの顔を見れば分かるもの」

冴木さんはあなたは腕のいい物書きになれるよと言って苦笑いした。

あたしは調子に乗って話した。

「冴木さんの顔に書いてあることを翻訳してみますね。どうしてあなたが売春するのか分からない。今の日本は私の理解できないことばかり起こる。思考力のない馬鹿な事件が起きるというかね。キャリアウーマンが売春する。教師が淫行で逮捕される。警察が恐喝する。ヤクザがボランティアする。親が子を殺す。子が親を殺す。小説は書くけど文学作品を読んだことがない。紅白歌合戦に出たくて歌手になりたいわけではない。国威発揚の為にオリンピックに出るわけではない。有名になりたくてAV女優になる。テレビに出たくてアナウンサーを目指す。ロックアーティストの後を追って自殺するファンがいる。リストラされて自殺する。やることないからアルバイトする。キャバクラ嬢は月収百万。看護婦は月収十五万。昔、小説家を目指してた連中は孤独で悲愴感が滲み出てて哲学的で読書家で何か抑圧されたテーマを抱えててみんな真剣だった。私には小説が書けなかった。だからノンフィクション作家になった。私には日本のジャーナリズムの一角を担ってきた自負がある。良くも悪くも日本のジャーナリズムは国民に情報を提供してきたし大それたことを言えば国家を導いてきた筈だ。ジャーナリスト達は文学者の地位まで駆け上がり奪い取ったと言ってもいいだろう。それでも私は文学者に憧れた。しかし今や文学は死に体でトレンディードラマ以下に落ちぶれてしまった。今時どれだけの日本人が芥川賞作家の名前を覚えているだろう。今年の芥川賞作家は誰か、去年の芥川賞作家は誰か。一昨年の芥川賞作家は誰か。あなたは一人でも芥川賞作家の名前を知っているか……」

二人の会話は、水素と酸素が反応し合って水になるように、ブランデーとペパーミントが混ざり合ってスティンガーという名のカクテルに生まれ変わるように、絵美の言葉と冴木の言葉が絡まり合ってカオスそのものがコスモスのような、存在しない物質と存在しない物質が反応し合った時にだけ発する特殊な音のようだった。

「日本国民は芥川賞受賞作に注目しているのか……。全くあなたの言う通りだ。国民に対する文学なんてそんなものだ。しかし私には日本がこうなることを分かっていたよ。栄枯盛衰。驕《おご》れる者は久しからずだ。右肩上がりの高度成長が終わりを告げた時その反動が来るなんてことは誰でも予想できたことだ。経済大国になって次に何を目指せばいいのか、日本は路頭に迷うだろうと。そしてその時には価値観の大変革が起きるだろうと。全くその通りになった。私はノンフィクションライターになって良かったと思っている。負け惜しみではなく文才がなくて助かったよ。今時文学者なんて無用の長物だ……。天皇や政治がどうしたこうした、三島由紀夫が自決したなんて書いても国民は誰一人読んではくれないだろう。国民が喜ぶのはあなたみたいな若い書き手が書いたゴシップルポだからね。あなたはゴシップの申し子だ。お母さんは有名な教育評論家で、中学生の頃から売春している東大の美人作家だなんて幾等なんでも出来過ぎてるよ。全く末期症状だ。憂国の士を気取るわけじゃないが昔の文士はアメリカに向けて撃ったソ連のポンコツ長距離弾が失速して日本に落ちて来るんじゃないかと真剣に悩んでいたものだが、……今となっては全くのお笑い種《ぐさ》だ。しかしそれが物書きという者《もの》ではないのか。時代は変わったよ。文学も変わった。これではまるで三島由紀夫は無駄死にだ。やりきれないよ。本当にやりきれないよ。どうして書くんだよ。そんなに簡単に書けるものなのかよ。何も考えていないＯＬや女子学生やホステスが簡単に作家デビューしてしまう。処女を捨てるのと同じだ。なんの葛藤もない。若い書き手は何を知ってるって言うんだ。何を読んで何を考えているんだ。若手の小説を読むにつれ私は長く生き過ぎたと絶望するもの。心境小説を書くに当たってとりあえず田山花袋を読んでみようとは思わないのか。恋愛小説を書くに当たってとりあえず谷崎潤一郎を読んでみようとは思わないのか。今の若い書き手は小説をなんだと思っているんだ。恋愛小説のくせに恋も愛も何もかも描き出すのに失敗している。考えないのか。恋愛ってなんだろう。恋ってなんだろう。愛ってなんだろう。エロスってなんだろう。恋と愛は何が違うのだろうか……って。プラトニックと題する限りは多少なりともプラトン哲学の勉強はしたのか。考えるとはそういうことだ。物書きになるとはそういうことなんだよ。何も考えていないから失敗作で満足してしまう。性欲とセックス欲の違いを描写できる腕のある若い書き手が今の日本にいるだろうか。性欲とセックス欲の違いにすら気が付かない有り様だ。小説家は愛をセックスの描写で誤魔化してはいけない筈だろ。それは想像力の放棄で物書きとして一番やってはいけないことだろ。なのに簡単にタブーを犯して書いてしまうクズばっかりじゃないか」

言葉のいらないバーで毒舌家という名のカクテルを飲みながら無意味な文学論を交わす羽目になる。

人生とはそういうものなのかもしれないと思う。それはそれで面白いではないか。

「想像力の放棄以前の問題として知識も情報も足りないですからね。だから恋と愛と性欲とセックス欲を書き分けろって言われても無理なんです。それに日本人が使うエロって変態とかエッチっていう意味だからギリシャ語のエロスとは違うんじゃないですか。エロスを訳すと愛になるけど日本人の愛とギリシャ人のエロスは別物なんじゃないですか。さらに言うならプラトンの使うエロスはギリシャ人の使うエロスとも意味が違うんですからね。それを考えたら恋愛小説なんか書けないですよ。冴木さんの言うことは正論ですけど若い女性作家が書きたいことはそういうことではないんです。恋愛小説のようで恋愛小説ではないんです。書いた人も読者もみんな恋愛もセックス欲も性欲も分からないんです。あたしは冴木さんの言うセックス欲と性欲の違いくらい理解していますよ。セックス欲はエロスで性欲はオルガスムのことですよね。エロスもオルガスムも曖昧にセックスの描写で誤魔化すなってことですよね。セックス欲による性交つまりエロスと性衝動による性交つまりオルガスムは別物なのだからそれぞれ書き分けろって言いたいんでしょ。でもそれは情報でしかないんです。知識ではありません。だからエロスもオルガスムもセックスで書くしかないんです。あたしだってエロスとオルガスムを分けて書ける人が本物なんだと思いますよ。でも違うんです。読者は本物の文学作品を読みたいわけではないんです。恋愛小説の読者にとって恋愛小説はカウンセリングのプログラムみたいなものなんです。それがたまたま恋愛小説だったというだけの話で、本を読まない人にとってみればカウンセリングのプログラムが音楽かもしれないしファッションかもしれないし別の何かかもしれない。ただそれだけのことなんです」

だけどそれは文学や音楽の問題ではない。文学って言うのは「だから言ってる様に本物は生まれないんです。誰も本物を必要としてないんです。だから文学も音楽も本物は生まれないんです。今は冴木さんが文学を志した時代とは違うんですから」

その通りだ。私が文学を志した時代には国家への反逆、社会への復讐、父親への反抗というコンセプトがあったもんな。純文学とは造反有理の精神を表現するものなんだと、それが芸術文学なんだと信じ込んでたんだ。それに対極する芸術がヨーロッパの宮廷音楽で、元々クラシック音楽は権力の賛美だからね。ロマン派になると感情を表現するようになるんだけどロマン派と言えばなんと言ってもピアノの詩人ショパンだろ。『革命』なんて実に素晴らしいじゃないか。私はエレキを鳴らして女にキャーキャー言われてる連中が嫌いだったんでロマン派のクラシックばかり聞いてたんだけどね。造反有理と権力の賛美。このふたつの表現だけが本物なんだっていう時代の意識があったもんな。だけど私には書けなかった。反抗も賛美も表現できなかったんだ。だから有るがままの姿を書くことにしたわけだ。私はベトナムやカンボジアやボスニア＝ヘルツェゴヴィナへ赴き有るがままの姿を書き続けてきた。そしてルポルタージュの書き手として地位を獲得したんだ。しかし、この国のジャーナリズムはどうなってしまったって言うんだ。日本に帰って来るなり女子高生の生態についてどう思うかなんて訊きやがって……。この国はそんなことしか問題にならないのか。世界中で何が起きているのか分かっているのかって絶望するしかなかったからね。本当、日本にいると頭が狂いそうになるもの。ある意味、戦争状態よりも不健康だからね。あなただって……。

「あたしは別に国家に反逆するためや社会に復讐するためや父親に反抗するために売春してるわけではないですもんね。そこの所が時代なんじゃないですか。それを日本文学史的に言うなら一九八〇年に尾辻克彦が『父が消えた』を発表して八一年に芥川賞を受賞しましたよね。尾辻克彦が冴木さんの志した文学の消滅を文学で表現してしまった。その時点で、日本には本物の文学が生まれ様がないんです。だからいくら文学者が天皇や政治や制度について論じても意味がないんです。あたし達には乗り越えるべき存在も反抗すべき存在も存在しないのだから。音楽の教科書にビートルズが載ってるんですよ。今はエレキギター持ってても落ちこぼれのレッテルを張られるどころか女にすらモテない時代なんです。体制も反体制もないんです。強いて言えば、自分に反抗し自分を乗り越えるだけなんです。自分のやりたい様にやればいいんです。だからあたし達は問題ないんです。問題なのは時代に取り残された男達なんです。冴木さん言いましたよね。恋とは何か。愛とは何か。恋と愛を書き分けろって。それです。それが時代に取り残されてる証拠なんです。恋とは恋愛、恋慕のこと。失恋、悲恋のこと。恋の字にある心は下にあるから、つまり恋とは下心のこと。恋は理想の相手にするもので、夢見る少女の白馬の王子様願望のことととして。愛とは恋愛、愛情のこと。割愛、愛惜のこと。親子愛とも言うし友愛とも言うまさにそのこと。愛の字にある心は中にあるから、つまり愛とは心の中にある好きとか嫌いとかそういう感情を超越した究極点にある運命めいたもののこととして。親が子を愛する。これが愛です。あたしの親もあたしを愛してると思います。だけど親から愛してるなんて言われたことはありません。あたしに愛してると言った男達は本当にあたしのことを好きだったのかもしれないけど、その感情は決して愛ではないんです。愛とはそういうことなんだとして。だから愛は永遠なんです。愛が冷めるという言い方があるけど冷めるのは愛ではないんです。感情が冷めるだけなんです。好きでも嫌いでもなく無関心になるだけなんです。冴木さん、冴木さんは社会的地位の確立された中年男性が中高生の女の子を買う理由が分かりますか。これは社会的上位者が社会的弱者の人権を侵すという問題ではないんです。性欲処理だったらビデオ見ながら自分でやればいいし、女にヌイて欲しいのならフーゾクに行けば済むことなんです。それをわざわざ人生潰すかもしれないのに中高生の女の子を買うんです。あたし達にとって売春や援助交際は別に大した問題ではないんです。問題なのはあたし達を求めるおじさん達なんです。フーゾクに行ってればまだいいんです。援助交際をするおじさん達はたぶん奥さんとセックスしていないと思うんです。奥さんが相手にしないからです。こういうおじさん達は性欲を満たしたいんじゃないんです。だからフーゾクには行きません。もっと深刻なんです。努力だけが取り柄ですすで頑張ってきたのに人生が楽しくないというか、先が見え過ぎて希望が持てないというかね。リセットではなく人生をゲームオーバーさせたいんです。自分を見失って堕ちてみたくなるんです。堕ちるしか人生に救いを見出せなかったと言うかね。そういう感じ、分かりませんか」

「堕ちるしか人生に救いがない……か。しかしあなたは若いのに凄いことを言うね。そうだな。そうかもしれないね。シベリア抑留での強制労働を生き抜いた捕虜とかが書いた手記なんか読むと生きる意志を感じるもんね。死にたくない。死ぬわけにはいかない。死んでたまるか。生きてやる。生きて生きて生き抜いて必ず生きて国に帰って家族に会うんだって。毎日毎日仲間が死んでいく中で死神が自分の番を待ってるのが分かるんだよね。幻覚症状が出るわけだ。次は自分の番だ。次は自分が死ぬ番だって。そんな絶望的な状況でどうやって生きる希望を見出すのか。それは、自分を信じて刹那を生きるだけなんだよね。一瞬一瞬に生きる意志を持つというかね。じゃないと次の瞬間に絶命してるかもしれないんだから。あなたを買った男達は生きる喜びも死の恐怖すらないわけか。小さい頃から自分にも他人にもすべてに妥協して生きてるからだろうね。毎日毎日惰性に流されて。堕ちてみたくなるのかもね。もしもそうなら悲劇だわな。まるで救いがないもの」

「そうです。だから援助交際はスケベなおじさんが東南アジアで買春するのとは別問題なんです。フェミニストもジャーナリストも援助交際の問題を分かってないんです。問題は、女の子を買うおじさん達は制度を信じたのに信じた制度に裏切られてどうすればいいのか分かんなくなって絶望しかかってることと、女の子を買うことによって中途半端に制度の外を目指すんだけど結局最後は制度にしがみつくことなんです。経験で言うと、あたしを買ったおじさん達は、買うと言っても最近はデートだけなんですけど、ほとんど全員自分が勝ち取ったと信じたい制度の中の戦利品を自慢するんです。僕はどこそこ大学出身なんだよ。私は一部上場企業のどこそこで部長をやってるんだ。俺にはこれこれこういう出来た女房がいて一流のどこそこ大学に通っている娘がいるんだけど娘がアンタみたいなバカでなくて良かったよ。とかね、色々自慢するんです。もちろんあたしは〝あたしは東大生です〟なんて言いませんけどね。別に苦労して入ったわけじゃないし。だけど、おじさん達は学歴も会社も家族も制度の中で苦労して手に入れたものなんです。苦労して手に入れたものが人生の生きがいや支えになる筈だったんです。家族や会社や自分の人生のことを考えれば中高生を買える筈ないんです。すべて崩壊しますから。それでもフーゾク嬢ではなく中高生を買うんです。生きがいがないんです。生きがいのないおじさん達が生きがいのない女の子を買うんです。でも、女の子達は音楽聞いたりファッションに凝ったり毎日それなりに楽しんで生きてるんです。彼女達は初めから学歴も一流企業も結婚も求めてないんです。制度とは関係ない新しい生き方ができる人達なんです。好きな男ができれば同棲するし海外旅行したければキャバクラで小ガネ稼いで海外旅行できるんです。彼女達にはそういう生き方ができるんです。おじさん達にはできません。だから、制度にしがみつくんです。だけど、制度にしがみついても救われないんです。だから援助交際は生きがいのないおじさん達の問題なんです」

　冴木さんが溜め息をついてこう訊ねた。

「だったら、生きがいのないおじさん達はどうすれば救われるんだよ」

「ダメです。救われないんです。ママがあたしに言ったことがあるんです。夫とのセックスが辛くて相談に来る女性が多いんだって。それだけ救いがないんです」

「……。それであなたはそういう中年男性の悲哀を書いてるわけか」

「違います。あたしには現実なんてどうでもいいことなんです。現実社会ではなく、現実社会の次を書きたいんです。舞台は特別養護老人ホームです。救われないおじさん達は特養ホームに入るんです。家族が無理矢理特養ホームに押し付けるんです。だけど、家族に捨てられて初めて救いを見出すんです。あたしは深沢七郎の『楢山節考』みたいな姨捨て小説にはしたくないんです。生きがいのないおじさん達は最後の最後に生きがいを見つけ出すんです。それは人を愛することです。命の灯火が消える直前に恋愛というかエロスの情熱が発動して衰弱するどころか人生最高の大恋愛をして生きる活力が湧いてくるんです。死を目前にして初めて生きる意志が湧いてくるというかね。そういう救いのある小説を書きたいんです。主題《テーマ》は、人間にとって、特に死が切実な高齢者にとって愛が生きるエネルギーになるのかってこと。セックス描写のない人文的な男女の愛を書くんです。題名は『心に生きて』。心に生きて〝性〟ですよね。心と心の絡み合いで性愛を浮かび上がらせるんです。そういう本格小説を書きたいんです」

……。

「できればこの作品で芥川賞を最年少で取りたいんです。それで記者会見の時に〝権力や制度を打破すべき文学がガチガチの制度になってどうするんだ〟って啖呵切って表彰状をビリビリに破って紙クズにして撒き散らすんです。どうですか？　面白いと思いませんか」

と、思いっきり嘯《うそぶ》いたら、冴木さんの眉間の皺が少し和らいだのだった。

「でも、本当はそんなことどうだっていいんです。何か目標があった方がいいじゃないですか。だからそれを目標にしてみただけなんです」

沈黙。

病は気からだな……。冴木さんが呟いた。

言葉のいらないバーは、時間を感じさせなかった。

最後にあたしはこう言ってバーを出た。

「冴木さん、あたしは父が精神科医だからなんとなく分かるんですけど冴木さんは三島由紀夫病なんかじゃないですよ。たぶん軽い鬱病だと思います。お医者さんに診てもらった方がいいですよ。鬱病は気の問題ではないんです。正しい治療を施せば完治するんですから」

こう言って席を立った。

バーを出る時、後ろから冴木さんの笑い声が聞こえてきたのであたしは嬉しくなって売春をやめようと思った。

バーを出た時、あたしはすべてに感謝するだろう。

理由はない。

あとがき

体力でも知力でも、何か特別な技術や能力でも、自分は自分という資本さえあれば生きていけるという〝何か〟を身に付ける必要があるとこれからを生きる多くの若者達は感じている筈だ。

しかしその〝何か〟が見つかりません。

とりあえず有名大学に行けばなんとかなると思っていても、それはそれで退屈な人生になりかねません。

結局、人生は自己満足した奴の勝ちだから、ある程度の自己中心的な考え方が必要になってくるんだよね。タバコのポイ捨てとかそういう意味ではないよ。端的に言えば、個人主義ということなんだけど日本人には向かないみたいだね。でも、時代の流れには誰も逆らえません。

本書は筆者に影響を与えた様々な思想や哲学を翻訳するように書かれた小説なので、少々理屈っぽいかもしれないけれど、単に浪費される娯楽小説にはしたくなかったので仕方ありません。

『教祖様ハえせアーティスト』という題名は、客も含めて文化産業に関わるすべての人間に対する戒めと嘲りの思いを込めて付けました。

文芸を初め、音楽、絵画、演技、映像、あらゆる表現に携わる人間には自戒と自嘲の果てにしか獲得できない自信が必要なのだと思います。その完璧な自信を目指して自問自答を繰り返すしかありません。

村上龍がたまにとんでもない駄作を書くのも、高橋源一郎がたまにとんでもない秀作を書くのも、その完璧な自信によるものだと思うのだけど、どうなんでしょうか?

蛇足ながら、「とんでもない駄作」と「とんでもない秀作」は rearly《ニアリー》 equal《イコール》 ですよ。

最後に、僕に協力したと思っている人へ礼を言います。「礼」

印南淑恵さん。励ましのお手紙ありがとね。僕が発狂しなかったのはあなたのおかげかもしれません。

著者プロフィール

冴木 龍介（さえき りゅうすけ）

1978年２月11日、長野県生まれ。

1998年、法政大学入学。

三年間大学へ通い、一人も友達ができなかったという偏屈な大学時代を過ごす。おかげで本書の出版が叶ったのだが……。

2001年、通信制へと移る。

兄・某大手新聞社の記者カメラマン。「マスコミなんてアウトロー」などと筆者に説教してくる程の生真面目人間。

弟・競馬の調教厩務員。2001年の京王杯と安田記念に出走したテスタロッサを担当するなど、国内外に顔が広い（本当）。

著者・ダメな子ほどカワイイを地で行く太宰治型ダメ人間。でも本人はクソ真面目に生きてるつもりなのだが。

趣味：読書、競馬。

教祖様《きょうそさま》ハえせアーティスト

2001年11月15日　初版第１刷発行

著　者　冴木 龍介
発行者　瓜谷 綱延
発行所　株式会社 文芸社
〒112-0004　東京都文京区後楽2-23-12
電話　03-3814-1177（代表）
03-3814-2455（営業）
振替　00190-8-728265
印刷所　株式会社 フクイン

ISBN4-8355-2765-8 C0093